みかんとひよどり

近藤史恵

角川文庫
22666

みかんとひよどり　目次

第一章　夏の猪

Rôti de sanglier d'été

生まれてはじめて死を覚悟した。

潮田《しおた》亮二《りょうじ》、三十五歳、決して堅実な生き方をしていたわけではない。親戚《しんせき》の間では、無茶ばかりしていると言われていた。だが、死ぬかもしれないと思ったのははじめてだ。

ゴアテックスのジャケットの前を合わせて、空を見る。

先ほどまで薄く削《そ》いだような月と、都会では考えられないほどの星が木々の間からのぞいていたのに、今は厚い雲が覆ってしまって、真っ暗だ。

身動きさえできないほどの暗闇。鼻先にナイフを突きつけられたってわからない。

くうん……と悲しげな声が聞こえた。

ぼくは手を伸ばして、隣にいるあたたかい身体を撫《な》でた。

「大丈夫だ、ピリカ」

イングリッシュポインターのピリカは、さっきまで状況がわからず、はしゃぎまわっていた。まだ一歳で、山にやってくるのがはじめてなのだから、仕方がない。

だが、さすがにおかしいと感じて、不安になってきたようだ。

「頼りない飼い主でごめんなあ……」

こんなことになるとは思わなかった。

スマートフォンの画面を懐中電灯代わりにして、しばらく歩いていたせいで、もうバッテリーは空になってしまっている。そもそも、このあたりは圏外で、充電が残っていても電話で助けを呼ぶこともできない。

風が吹き抜けて、身震いした。

十一月の山は寒いだろうと思っていたし、それなりに防寒対策はとってきたが、夜になると寒さもひとしおだ。リュックの中に入れてあったフリースを着こんだが、まだそれだけでは足りない。

さすがに雨でも降らない限り、凍え死ぬようなことはないと思うが、このまま夜を明かすことになるとしたら、ピリカを抱きしめて暖を取るしかない。

このままでは、遭難してしまう。そう考えて、気づいた。

もしかしたら、この状況こそ、遭難なのではないだろうか。

今、どこにいるのかも帰り道もわからない。携帯電話も使えない。飲み物は500ml

のペットボトルが一本だけ。食べ物は念のためにリュックに入れたチョコレートだけだ。チョコレートは犬には毒だからピリカにわけてやることもできない。

登山にきたわけではなく、公道から少し離れただけなのに、こんなに簡単に帰り道がわからなくなってしまうなんて思わなかった。

こんな真っ暗な中歩いて、崖《がけ》から転げ落ちてしまえば、大変だ。なんとか明るくなるまで耐えて、帰り道を探さなくてはならない。

ぼくは、ピリカのリードをしっかりつかんで、太い木にもたれた。

眠った方がいい気がするが、眠っている間にピリカがどこかにいってしまうと大変だ。リードをベルトにでも結びつけた方がいいかもしれない。寝ないつもりでもうとうとしてしまうこともある。

リードの輪になった持ち手をベルトに通しているとき、嫌な予感が頭の中をよぎった。

なにか、とても大事なことを忘れている気がする。忘れてはいけないことを。

たしか、今朝スマホの気象情報をチェックしたとき、こう書いてはいなかっただろうか。

深夜から雨、と。

なにも見えないことはわかっているが、思わず空を見上げた。

遥《はる》か遠くで、雷鳴の音がした気がした。

なぜ、ぼくがこんな山の中で死にかけているか、その理由を説明すると長くなる。

高校生の時、孫に甘い祖母にフレンチレストランに連れて行ってもらい、そのあまりのおいしさに感動して、料理人を目指しはじめたことから話すべきか、それとも、フランスと日本での修業を終えて、ようやく任された一軒目の店を、一年で潰《つぶ》してしまったことからか、その後、いくつもの店を転々としたことか。

すべて、ドミノ倒しのように繋《つな》がっている。力不足でしくじってしまったことはあるが、自分で選ばなかったことはひとつもない。

つまり、ぼくが今ここで死ぬのも、自分の選択の結果なのかもしれない。

両親はふたりとももう亡くなってしまったし、きょうだいもいない。ぼくが料理人を目指すきっかけになった祖母はまだ元気だし、気にかけてくれる叔母《おば》もいるから天涯孤独というわけではないが、結婚もしていないし、恋人もいない。ぼくが死んでも、困る人は誰もいないはずだ。

妻も子供もいないことが、ラッキーだと思える日がくるなんて思わなかった。

唯一の心残りはピリカのことだ。

まだ一緒に暮らし始めて半年も経っていないのに、ぼくがちゃんとしていないせいで、こんなところで一緒に遭難することになってしまった。

犬は人間よりも寒さに強いし、嗅覚《きゅうかく》で道を見つけることもできるだろうから、ぼくが死んだら、一匹で生きる道を探してほしい。

そう思うと、涙が出てきた。

ピリカをぎゅっと抱きしめると、彼女はぼくの顔をぺろぺろと舐《な》めた。

せめて、もう少し雨が防げるような場所で休むべきだった。

今は漆黒の闇だから、下手に動くわけにはいかない。あまりにも軽率だった。

いや、軽率だったのは、狩猟をはじめようと考えたことかもしれない。

狩猟をしようとさえ考えなければ、ピリカをもらうこともなかった。いや、ピリカは可愛いし、とてもいい子だ。飼ったことに後悔はないが、ぼくのせいで死なせてしまったり、ぼくが死んで彼女が孤独になってしまうようなことは避けたかった。

半年間、研修を受けて免許を取得し、猟友会の人からもいろいろ教わったが、ひとりで山に入るのは、まだ早すぎたのだろう。

もっと慎重になるべきだったし、ヘッドライトや非常食を持ってくるべきだった。

首筋にぽつりと冷たいものが落ちた。雨が降り始めたのだ。

たしか、夏の北海道で大勢が遭難した事故があった。冬ではなく、夏山なのにグループのうち半数近くが亡くなるという大事故だったが、あの原因もたしか、雨で身体が濡《ぬ》れて低体温症になったことだった。

ぽつぽつと、雨粒が皮膚に当たり始める。次第に強くなり、やがて本降りになる。

ピリカが悲しげに鼻を鳴らした。

「ごめんな……」

幸い、上着は防水加工のものを着てきたから、上半身が濡れるのは防げるが、問題は下半身だ。尻《しり》が濡れるから、地面に座ってはいられない。立ってさえ、すぐに靴下は濡れ、靴の中に水が染みこむ。

立ったまま、あと何時間耐え続けたら、雨がやむのだろう。朝がきて、明るくなるのだろうか。

たしか、日の出は六時半か四十分くらいだった。夜七時くらいまでは携帯電話のバッテリーは残っていたから、そこから考えると夜十時か十一時くらい。ここから眠らずに七時間以上耐え続けることができるだろうか。

雨ではなく、冷や汗が首筋を濡らす。

ピリカがぼくの脚の間にもぐり込むのがわかる。彼女のあたたかさだけが支えだ。

ふいに、遠くで犬の声がした。

背筋がぞっとする。こんな時間に犬を連れた人が山を歩いているはずはないから、野犬ではないだろうか。

雨に濡れて凍えるのも怖いが、野犬ももっと恐ろしい。できれば、ぼくらに気づかずにどこかにいってほしい。

そう思っていたのに、ピリカがワンッと吠《ほ》えた。

「こら、ピリカ！」

制しても、ピリカは吠え続ける。ピリカの声に応《こた》えるように、野犬がまた吠える。

ぼくは身震いした。

このままこちらにこないようにと祈る。

散弾銃を持っていると言ったって、こんな暗闇では狙うこともできない。

威嚇に空に向かって空砲を撃つことならできるだろうか。暗くなってから猟銃を撃つことは禁じられてるし、空砲を撃つことも事故の原因になるからあまり好ましくはないが、身を守るためなら許されるだろうか。

肩にかけていたケースを探るが、暗闇だから金具がどこにあるかわからない。

犬の声がどんどん近づいてくる。ピリカが身構えているのがわかる。

指に、開閉用の金具が触れた、と思った瞬間、目の前に光が弾《はじ》けた。

まぶしすぎてなにも見えない。手で光を遮って、ようやくヘッドライトで照らされたのだとわかった。

合羽《カッパ》を着こんだ男が立っていた。低い声が響いた。

「おまえら、そこでなにをしてる？」

人に会えたのだから、助かったはずなのに、そのときのぼくはむしろ怯《おび》えていた。

紺の合羽のフードを深くかぶった男は、まるで人ではないかのように大きく見えた。

ただ、大柄というだけではない。

なにか、得体の知れない恐怖を感じたのだ。

気が付けば、腰が抜けたようにその場にへたり込んでしまった。

ピリカがふんふんと鼻を鳴らした。男の方に近づこうとするが、リードがぼくのベルトにくくりつけられているので、動けない。

男の後ろから、黒い犬が顔を出した。

黒い犬はゆっくりとピリカに近づいた。お互い、匂いを嗅《か》ぎ合って挨拶《あいさつ》している。

はっと気づく。先ほど、野犬だと思ったのは、この男の飼い犬だったのかもしれない。

男はゆっくりと近づいてきた。大きな手を、こちらに向かって差し伸べる。

「ほら」

手をつかめということだろうか。拒絶するのが恐ろしくて、その手を握るとぐっと引き起こされた。力が強い。

近くに立てば、ぼくよりも二十センチ以上も大きいことがわかる。つまり、百九十センチ近いということだ。

それだけではない。ぷん、と、濃い血の匂いがした。血と獣の匂い。

恐怖が足下から這《は》い上がるが、逃げるわけにはいかない。

この男に助けてもらわなければ、遭難して死ぬかもしれないのだ。まさか取って食われるようなことはないだろう。

「歩けるか」

「大丈夫です……道に迷ってしまって」

幸い、身体は冷えているが動けないほどではない。

「道はこっちだ」

彼は、ぼくに背を向けると、斜面を歩き始めた。ヘッドライトが進行方向を照らす。ぼくもピリカのリードを握ると、彼のあとを追った。

男は、なにも言わずに歩き続ける。

「あの……車でいらしてるんですよね」

思い切って話しかける。

「そうだ」

返ってくるのは短いことばだけだ。

「ぼくも道路に車を置いてるんです。黒いミニバンですけど。なので、そこまで連れて行っていただければあとは自分で帰れます」

「車なんかなかった」

「えっ？」

「ここへくる途中、黒いミニバンなんかなかった」

そんなはずはない。まさか山の中なのに、駐車禁止で撤去されることはないだろう。まさか車泥棒に盗まれたのだろうか。だったら、踏んだり蹴《け》ったりだ。

「どこから山に入った？」

「え……、稲矢町《いなやちょう》からですけど……」

「だったら、こっちは反対側だ。よっぽど山の中を歩き回ったらしいな」

つまり、山の反対側に出てしまったということなのか。

「えーと、戻るのに、どのくらいかかるでしょうか」

「稲矢町まで行くなら三十分くらいで回れるが、そこからまた山を登るんだろう」

たしか、山に入ってから三十分くらいは走ったはずだ。さすがにこんな時間にそんなところまで車を探しに行ってくれとは言えない。

「でしたら、どこかこの近くにホテルか旅館か……」

「あるか、そんなもん」

ひとことで片付けられた。まあないだろうなとは思ったが。

だが、身体はすっかり冷えてしまっている。濡れた服を着替えるなりしないと、風邪を引いてしまう。

二十分くらい歩いただろうか。ふいに視界が開けた。道路に出たのだ。

ほっとして力が抜けそうになる。

道路には、軽トラックが一台止まっていた。男はそちらに向かって歩いて行く。彼の車なのだろうか。

見れば、後部座席もあり、四人まで乗れる珍しい形の軽トラックだ。たしかデッキバンという名前だったと思う。近づくと、むっとするような獣の匂いが立ちこめた。

荷台を見て、ぎょっとする。そこには、大きな鹿が二頭も横たわっていた。

思わず飛び退《の》いたぼくを、彼は不審そうな顔で見た。

「なんだ。猟師じゃないのか？」

「いえ、まだはじめたばかりでして、鳥を主に……」

鹿など、もし撃つことができたとしても、ひとりではどうやって解体していいのかわからない。

つまり、この男もハンターということか。どうりで血の匂いがするはずだ。

彼は後部座席にあるクレートに自分の犬を入れた。それから助手席のドアを開ける。

「犬、抱いていられるか？」

「大丈夫です」

ピリカを抱き上げようとして気づいた。

「すみません。ぼく、ズボン濡れているので、シートを汚してしまうかも」

「どうだっていい。たまに荷台に載りきらないときは、助手席に獲物を載せることもある」

彼は、そう言って運転席に乗り込んだ。ぼくはピリカを抱いて、助手席に座る。

彼は合羽を脱いで、後部座席に放り投げた。ようやく顔が見えた。

思っていたより若い。ぼくと同じくらいか、それとも少し上か。伸ばした髭《ひげ》と険しい表情のせいで怖くみえるが、顔立ちは整っている。

彼はアクセルを踏んだ。車が山を下りはじめる。

「その……近くのコンビニかどこかで降ろしてもらえれば、そこで電話を借りてタクシーを呼びます」

「犬を連れてか？」

そう言われると返事に困る。小型犬ならまだしも、イングリッシュポインターは大型犬で、しかもピリカは今ずぶ濡れだ。

「なんだったら、今日はうちで休んでいけ。散らかってるし、狭い家だがとりあえず風《ふ》呂《ろ》に入って、服を乾かせ」

彼にそう言われて、ぼくはうなだれた。ありがたいのはたしかだが、見ず知らずの人に迷惑をかけてしまうことになる。

「すみません……」

「今日は無理だが、明日だったら、車があるところまで送ってやる」

「ありがとうございます」

ピリカを抱いたまま、頭を下げる。

「礼を言われるようなことじゃない。無茶する奴に俺の縄張りで死なれると面倒なだけだ」

ぴしゃりと言われてはっとした。

冷たいことばだが、たしかに少し前まで、ぼくは死と隣り合わせにいた。きついことを言われても仕方がない。

「すみません。軽率でした……」

あのあたりで、ヤマドリをときどき見かけると講習会で会った年配の猟師に教えてもらった。歩き回るうちに、きた方向がわからなくなり、どんどん山奥へ入り込んでしまった。

今まで、ヒヨドリと鴨までしか撃ったことがなかった。どちらも山奥というより、比較的開けた場所にいるから、山を歩く準備も訓練も足りていなかった。

車は真っ暗な道路をどんどん下っていく。町の灯《あか》りが遠くに見えた。

思い切って聞いてみた。

「あの……どうしてぼくたちがいることに気づいたんですか？」

彼は、ハンドルを切りながら、片手で後部座席を指さした。

「マタベーが教えてくれた」

「マタベー？」

振り返ると、クレートに入った黒い犬が、きらきらした目でぼくを見ていた。

彼の家は山を下りてすぐのところにあった。隣の家とはずいぶん離れている。

山を背にして、築七十年以上は経っているであろう小さな一軒家があり、その横に物置のような小屋がある。

家の中に入ると、彼はすぐに風呂に湯を張った。スウェットの上下をぼくに投げて寄越す。

「着替えがなければそれに着替えろ」

礼を言ってそれに着替えていると、男は土間にあった薪《まき》ストーブに薪を組んで入れ、慣れた手つきでそこに火をつけた。

マタベーはよくわかっているのか、薪ストーブの前に陣取る。ピリカは困ったような顔でぼくを見上げていた。

ストーブに火を入れると、男はピリカの方を見た。

「名前は？」

「潮田です」

そう答えると、彼は眉間《みけん》に皺《しわ》を寄せた。

「違う、犬だ」

犬なら犬の名前と言ってほしい。

「ピリカです」

「メスか。だったらマタベーといても平気だろう」

マタベーは名前を呼ばれたことがわかったのか、尻尾を振った。名前からしてオスだろう。

「ピリカ、こい。ストーブに当たれ」

男に呼ばれて、ピリカはぼくの顔色をうかがった。

「行っておいで」と言っても動かないから、ぼくがストーブに近づく。

自宅の暖房器具はエアコンだから、赤々と燃える火で身体をあたためるなんて、めったにない体験だ。

凍り付いていた身体がほどけていく。火のせいか、警戒心まで溶かされるようだ。

彼はストーブの前に腰を下ろすこともなく言った。

「風呂はもうすぐ湯が溜《た》まるから、適当に入れ。布団はそこの押し入れにある。あとは好きなようにしろ」

そのまま家を出て行こうとするから、驚いた。壁に掛けられた古い時計は十二時を指している。

「こんな時間からどこに……」

彼はじろりとぼくを見た。おまえには関係ないだろうといった顔だ。

「隣の小屋にいる。なにかあったら言え」

引き戸を開けて出て行くが、マタベーは気にせずストーブに当たっている。ピリカなら、ぼくのあとをついていくところだ。

ピリカもおずおずとストーブに近づいた。すぐにあたたかいということがわかったのだろう。土間にぺたんと伏せる。

マタベーはピリカと離れた場所でくつろいでいる。二頭とも、敵意を見せたり、無闇に近づいたりせず、友好的に距離を取っているようだ。二頭をこのままにして、風呂に入っても大丈夫そうだ。

とりあえず、リュックから、ピリカのための水飲み容器を取り出し、そこに水を汲《く》んでやる。ピリカは伏せたままおいしそうに水を飲んだ。

風呂は年季の入ったタイル張りだった。浴槽もひどく小さくて、浴槽の横に旧式の風呂釜《がま》がある。そういえば、子供の頃遊びに行った、祖父母の家の風呂もこんなだったな、と思い出す。

湯は少し熱めだった。冷たくなった足を差し入れるとびりびり痺《しび》れる。指の先まで血が通い始める。

上半身はそれほど濡れなかったはずなのに、背中も腕も冷え切っていた。肩まで浸《つ》かると、ぼくは大きなためいきをついた。

小さくて、決してきれいとは言えない風呂なのに、まるで天上の温泉のように感じられる。

生きていてよかった。雨はまだ降り続いているから、あのままあそこで夜を明かしていたら、どうなっていたかわからない。

身体の芯《しん》まで温まったあと、風呂から出る。薄っぺらいバスタオルが一枚、洗濯機の上に出してある。これを使えということだろうか。

もう何年も使っているらしく、ごわごわしているが吸水力はある。身体を拭《ぬぐ》って、借りたスウェットを着た。

見れば、マタベーもピリカもストーブの前で眠っている。どうやら疲れてしまったようだ。

ぼくも疲れてはいるが、目が冴《さ》えて眠る気にはなれない。

ぼんやりと考える。

この家の主《あるじ》は、いったい何者なのだろう。ハンターで生計を立てているのか。それとも他に仕事があるのか。

この山が縄張りだと言っていたから、いつもここで猟をやっているのか。

しかし、まったくの初対面である人間を家に置いて、外に出てしまうというのも、無防備というか変わっている。もともと盗まれるようなものなどないということか。

古い家だから、鍵《かぎ》をかけてもセキュリティは万全とは言えないし、あまり気にはしていないのかもしれない。

ぼくもストーブの前に座って、ペットボトルの水をごくごくと飲んだ。疲労はまだ残っているが、それでも体力はかなり回復していた。

腹がぐう、と鳴った。よく考えれば山に入る前に軽く昼食をとったきりだ。もう十二時間近くなにも食べていないことになる。リュックから出したチョコレートをかじる。もう遭難することはないから一枚食べきっても大丈夫だ。

甘い匂いがしたのか、マタベーが顔を上げるが近づいてはこない。初対面の人にも愛想のいいピリカと違って、飼い主以外にはあまり興味はないようだ。

ピリカがぴすぴすと鼻を鳴らした。

ピリカも朝ドッグフードを食べたきりだ。もう成犬だから、一日くらい食べなくても体調を崩したりはしないが、それでも少し可哀想だ。

この近くにコンビニはないだろうかと考えるが、先ほど見た様子では、灯りのついた建物はほとんどなかった。少なくとも歩いて五分か十分といった距離にコンビニがあるとは思えない。

マタベーのドッグフードを分けてもらえないだろうか。そう考えて立ち上がった。携帯電話も充電したいが、黙って電源を使うのは抵抗がある。

靴を履いて、外に出る。隣の小屋からは、灯りが漏れていた。まだ雨が降っているから、小走りで小屋に向かう。

「あの、すみません」

引き戸の前で声をかけた。中から声が返ってくる。

「開いているから入れ」

　おそるおそる、引き戸を開ける。中の光景を見て、ぼくは息を呑《の》んだ。

　頭以外皮を剝《は》がれた鹿が、フックで逆さまに吊《つる》されていた。傍らで大鍋《おおなべ》がぐらぐらと湯を沸かしている。

　獣の匂いが強すぎる。思わず手で鼻と口を覆った。

　だが、この小屋が物置ではなく、なんのためにある小屋なのか、やっとわかった。獲物の解体をするためだ。

　男は小さなナイフを手に、こちらをじろりと見た。顔にはマスクをしている。

「なにか用か」

「あの……うちの犬が、午前中からなにも食べていないんで、もしドッグフードかなにかあれば……」

「そんなものない。朝食べたなら大丈夫だろう。子犬じゃあるまいし」

　彼はそう言いながら、ナイフを動かした。手際よく皮を剝ぎ取っていく。ぼくは部屋を見回した。

　巨大な冷蔵庫とコンロ、それから大きなステンレスの台がある。つり下げられないものは、台の上で解体するのだろう。

　鹿はみるみるうちに、皮を剝がれて丸裸になる。赤とかすかな脂肪の白がまだらになっている。

先ほど、荷台で見た鹿は紛れもなく死骸《しがい》だった。だが、毛皮を剝がれた鹿は、死骸と言うよりも肉だ。

次に鹿の身体から足を切り離しはじめる。掌《てのひら》におさまるような小さなナイフを骨の間に差し込むだけで、魔法のように足は簡単に外れた。

取り外した足を氷で冷やす。ナイフを熱湯で消毒し、また次の過程に移る。

首が取り外され、大きなバケツの中に投げ込まれる。首から上は毛を剝いでいないから、よけいに生々しい。黒いつぶらな瞳《ひとみ》が、こちらを見ているような気がする。

次に背骨が割られ、肩ロースが切り取られる。みるみるうちに、骨から塊の肉が切り取られていく。ロース、シンタマ。牛とは大きさが違うが、部位の名前は同じだ。

男は肉をジップロックに小分けにして、冷蔵庫にしまっていく。

ぼんやり眺めていると、ふいに話しかけられた。

「興味があるのか？」

「ええ、まあ……」

一応、料理人だ。エゾシカなら調理したことはあるが、ニホンジカはない。

「解体を見るのははじめてか」

「猪ならあります。鹿ははじめてです」

先輩ハンターが猪を解体するのを近くで見て、肉を分けてもらった。だが、彼はそのハンターよりもずっと手際がいい。

くくられている後ろ足ではなく、前足に傷がついていた。

「罠《わな》ですか？」

「ああ、一頭かかってとどめを刺して、帰ろうとしたとき、もう一頭かかっていることに気づいた。だから、遅くまで山にいた。でなきゃ、マタベーも気づかなかったはずだ」

あらためて、自分が大変な状況だったことに気づく。

「本当にありがとうございます」

彼はちっと舌打ちをした。

「迷惑だから、一生ヒヨでも撃ってろ」

またストレートにきついことばが飛んでくる。だが、そう言われても仕方のないことをした。山を甘く考えるのではなかった。

解体がすべて終わり、彼は後片付けをはじめた。

コンクリートの床を水で流し、ステンレス台に熱湯をかけて消毒し、そのあとアルコールで拭《ふ》く。

最後に石鹸《せっけん》で手をきれいに洗った。

「犬の食い物だったな」

「あっ、でも大丈夫です」

彼の言う通り、子犬やチワワのような犬なら低血糖になるおそれがあるが、ピリカは健康な成犬だ。丸一日くらい食べさせなくてもなんとかなるだろう。

車まで戻れば、ジャーキーなどもある。ドッグフードがあれば分けてもらえればと思ったが、ないなら仕方がない。

ふと思った。マタベーはなにを食べているのだろう。

彼は電気を消してから小屋から出た。ぼくも後に続く。

帰ると、ピリカが不安そうに玄関の前に座っていた。ぼくの顔を見てぶんぶんと尻尾を振る。

「ごめんな」

目が覚めて、ぼくがいないことに気づいて心配になったのだろう。

もう三時近い。疲れすぎて、血が逆流しているような気分になる。

彼はゴム長を脱いで、家に上がり、そのまま台所に向かった。なにかピリカにくれるのだろうか。

ストーブの前でピリカを撫でながら待っていると、彼がステンレスの平皿をふたつ持って戻ってきた。

「ピリカはアレルギーはあるか？」

「いえ、別に……」

さっきまで鼾《いびき》をかきながら寝ていたマタベーが飛び起きる。目がらんらんと輝いている。

「ほら、マタベー。今日は頑張ったからごほうびだ」

マタベーの前に片方の皿を置くと、彼は皿に頭をつっこむようにして猛然と食べ始めた。

ピリカがふんふんと空気の匂いを嗅いだ。興味を持っているようだ。

「ほら、ピリカは腹を壊すといけないから、少しな」

彼が差し出した皿には、肉が数切れ入っていた。

生ではない。表面が香ばしく焼かれ、内側までちゃんと火が通っている。ローストのような調理法だが、肉は牛でも豚でも羊でもない。

ピリカは最初警戒していたが、ゆっくりと匂いを嗅ぎ、そのあとすごい勢いで食べ始めた。

自分の分を食べ終えたマタベーがピリカの皿に顔をつっこもうとするが、男が「ダメだ」というと素直にピリカから離れた。

ピリカはあっという間に食べ終えて、名残惜しそうに皿を舐めている。

彼は台所からさきほどの肉を持ってきてマタベーとピリカに一切れずつやった。

「なんですか？　この肉」

見た目でも匂いでもわからない。鹿だろうかと思ったが、さきほど彼が解体していた鹿とも匂いの質がまったく違う気がした。

「食ってみるか。塩味はつけていないが、それ以外は人間でも食える。昨日調理したばかりだし、俺も昨日食ったし、明日も食うつもりだ」

目の前に皿を差し出される。一切れ指でつまみ上げると、ピリカがもっとくれと言わんばかりに顔を近づけてくる。

赤身なのはわかる。豚や羊とは匂いがまったく違う。

口に入れて嚙《か》んでみる。旨《うま》い。だが、確実に牛ではない。

固いのは、肥育された獣ではなく、野生の獣だからだろう。だが、その分、複雑な味わいがあるのはわかる。

ロースかフィレか。だが脂肪分がほとんどない。やはり鹿の一種なのだろうか。

「カモシカ……とか」

当てずっぽうで言ってみる。ニホンカモシカは天然記念物だが、数が増えたため、地域によって数を制限して猟が許可されている。

「ははは、それは犬にはやれないな」

食べたことはないが、美味《おい》しいという噂は聞いたことがある。

もう一切れ食べる。初めての肉なのに、どこかで嗅いだような匂いもする。まったく知らない生き物ではないような気がする。

「猪……」

そう言うと、彼の表情が変わった。

「よくわかったな。食ったことあったのか」

「猪はあります。ぼたん鍋で」

ジビエの中でも、いちばんポピュラーなものだろう。鹿は数が多く、獲《と》りやすいが、赤身なので調理法が難しい。脂の多い猪なら、鍋にするだけで美味しく食べられるから、高く売れる。

だが、この猪には脂がほとんどない。

「でも、これ赤身ですよね」

猪は脂を食べるものだと言う人までいる。煮込むと、脂の部分が甘くて美味しい。

「夏の若い猪だからな。脂肪は溜めていない」

「夏は禁猟なのでは……」

「駆除のための猟をするから、肉も食べられる。売ることもできるが、調理法に工夫がいるから、冬のようには需要はない」

たしかに脂のない猪は鍋にはできない。

しかし、この猪は旨い。脂がないから、その分、肉の味がしっかりと味わえる。固いが、嚙めば嚙むほど味わいがあって、いろんな調理法が考えられそうだ。

「おいしいです。これ、あなたが？」

「ただ焼いただけだ」

簡単な調理法こそ、料理人の腕で違いが出る。

彼はなぜか少し苦い顔をした。皿を持って立ち上がる。

「もう寝ろ。どこまでか知らないが、車を運転して帰るんだろう。寝ないと判断力が落ちる。飲酒運転と同じだ」

たしかに彼の言う通りだ。台所に行ってしまった彼を見送って、ぼくは押し入れから布団を出して敷いた。

古くて薄い布団だが、かび臭さはない。ピリカが布団の横に寝そべった。布団の上に顔だけのせて「いいでしょ？」というような顔をする。

自宅では、ベッドの上にのってはいけないという決まりになっている。ぼくはピリカの頭をがしがしと撫でた。ピリカは安心したような顔で目を閉じた。

「すみません。携帯電話充電していいですか？」

台所にそう声をかけると、「好きにしろ」という声が返ってくる。

充電器をコンセントに差し、布団に横になると急激に眠気が押し寄せてくる。

失神するようにぼくは眠りに落ちた。

翌朝、七時頃に起こされた。

「おまえの車を探しに行くぞ」

そう言われて、あわてて布団を畳んで顔を洗った。薪ストーブの近くに干したせいか、昨日濡れた衣類はほとんど乾いていた。着替えて、借りていたスウェットを畳む。

「洗ってからお返しします」

「いらん。洗濯機に放り込むだけだ。置いていけ」

少し悩んだが、下手に気を回さず、言われた通りにすることにした。

マタベーは置いていくようだ。ピリカだけを連れて、彼はデッキバンに乗り込んだ。

ピリカを後部座席にあるマタベーのクレートに入れる。ぼくも助手席に乗り込んだ。

「なにからなにまで、お世話になって……」

「たいしたことはしていない。死なれるよりマシだ」

ぴしゃりと言われる。たしかに、茶すら出されていない。だが、風呂と布団のおかげで生き返った。たぶん、喉《のど》が渇いたとか腹が減ったとか言えば、あるものを出してくれたのだろう。ピリカのために猪までごちそうしてくれた。

「本当に助かりました」

「もういい」

デッキバンが動きはじめる。家の中からマタベーが三度吠えた。いってらっしゃいと言っているようだ。

畑が続く中を走ったあと、ようやく集落が見える。そこから山をぐるりと回って、ぼくが昨日通った小さな町に入った。

そのまま車は山に入る。雨は明け方に止んだらしく、木々は水分をたっぷりと含んでいる。紅葉が昨日よりも鮮やかに見えた。

「あれか？」

彼に言われて気づいた。少し先に、ぼくのミニバンが見える。

「そうです」

こんなに町に近いところで遭難しかけてしまうとは思わなかった。遭難など、山を延々と歩いた先にしかないことだと思っていた。

「本当にありがとうございました」

そう言うとめんどくさそうに手で合図された。

ぼくはピリカを連れて、デッキバンを降り、自分の車のキーを解除した。すぐに立ち去るかと思ったが、彼は車を停めたままこちらを見ていた。

ピリカをクレートに入れて、運転席に乗り込みエンジンをかけた。車はスムーズに動きはじめた。もう一度、彼の車が停まっていたところに目をやると、もうそこに彼はいなかった。

先の方を下っていくデッキバンが見える。ぼくはクラクションを挨拶のように鳴らした。

京都市内に入ったあたりで車を停めて、ぼくは大島若葉《おおしまわかば》に電話をかけた。

「はい、どうしたんですか？　シェフ」

「悪い、今日は店を開けられそうにない。予約とか入ってる？」

「入っているわけないじゃないですか」

即答だ。胸にぐさりとナイフが突き刺さる。

「オーナーにもそう言っておいて」

「えー、自分で言えばいいじゃないですか」

「俺が言うと、いろいろややこしい」

オーナーは若葉に甘い。彼女なら叱られることはないだろう。

「わかりましたー。でもそのかわり、週末のまかないにデザートつけてくださいねっ」

ちゃっかりしている。だが、そのくらいならたいしたことではない。どうせ、作った料理のほとんどは廃棄してしまうのだから。

家に帰って、ピリカにフードと水をやると、ぼくはベッドに倒れ込んだ。

そして、今度こそ死んだように眠り続けた。

第二章　ヤマシギのロースト

Rôti de bécasse

目が覚めたときは夕方だった。

ベッドから起き上がって、台所に行き、冷蔵庫からミネラルウォーターを出してごくごくと飲んだ。いつもは昼寝などしてたら、ぐいぐい起こしにくるピリカだったが、さすがに疲れたのだろう。横倒しになったような状態で眠りこけている。

まだ身体がぎしぎしと痛む。三十代も半ばを過ぎれば、前日の疲れはなかなか回復しないし、昨日のような過酷な夜を過ごせばなおさらだ。

自宅に帰り、暖かいベッドの中で一眠りすると、昨夜のことが夢だったような気がする。遭難しかけて、見知らぬ男に助けてもらって、その家で風呂を借りて、猪を食べた。昔話だったら、タヌキに化かされていたという結末がつきそうだ。

だが、ぼくの手足には山で作った小さな傷がいくつかあるし、ピリカは泥だらけでガビガビだ。夢ではない。タヌキに化かされていたかどうかはわからないが。

髪をかき回しながら、なにげなくスマートフォンに手を伸ばした。オーナーからのメールが届いているが、あえて見ないふりをする。もう少し心の準備をしてから読みたい。胃の中が空っぽだが、食欲はない。食べ物のことすら考えたくない。

「なにやってんだろ」

思わずつぶやいた。

ばたりともう一度ベッドに倒れ込む。スマホでSNSを見て、少しゲームをやってから、決心して受信メールを開いた。

怒りのことばが並べられているのかと思ったが、オーナーはぼくの体調を心配し、具合が悪いようなら連絡を寄越すようにと書いていた。

ありがたいと思うと同時に、これは契約を解除される前段階ではないかという心配も胸をよぎった。かなり回復したので、明日はちゃんと営業できるというメールを送った後、天井を見上げる。

だが、営業できるということと、客がくるということはイコールではない。

ゼロではない。ときどき予約も入るし、飛び込みの客もたまにはやってくる。だが、売り上げは少しも安定しない。

情けないことにぼくが、レストラン・マレーの料理人の座についてから半年間、黒字になった月は一度もない。

オーナーは隣の駅に、インド料理レストランを持っていて、そちらはかなり儲《もう》かっているというから、あまりに赤字がひどくならない限りは様子を見てくれているのだろうが、それもいつまで続くかわからない。「明日からここもインド料理レストランにします」などと、いつ言われても不思議はない。

ぼくはスマホのブラウザを立ち上げ、検索ページを開いた。

「レストラン・マレー」で検索する。そのままだと、マレーシア料理で検索結果が埋められるから、住所も入れる。

もうすでに読んだブログは飛ばして、新しそうなブログやSNSの書き込みを探す。

食べ歩きブログがひとつ、レストラン・マレーについて書いてくれていた。

「パテ・ド・カンパーニュは美味しかったけど、メインのステーキはこの値段で出すほどではないかなあ。まあ、再訪はないでしょう」

ぼくはそのまま身体を反転させて、枕に顔を埋《うず》めた。

ああ、これでまた客足が遠のいてしまう。最近の客は、レストランを予約する前に、ネットにある評判を検索する。そして、その結果で、行くレストランを決めてしまうのだ。

ネットでの評判が悪いレストランに、未来はない。

自分の腕が悪いとは思わない。パリで学んだプロになるための料理学校では優等生だったし、試験で何度も一位を取った。修業をしたレストランも最高級の星つきレストランだった。もちろん、しごかれまくったが、同じように修業をしていた若い料理人の中で、自分が飛び抜けて下手だったという実感はない。

なのに、自分が料理人となってスタートした店は、すべてうまくいかなかった。雇われシェフとして、二軒つぶし、自分ではじめた神戸《こうべ》の店も失敗して借金を作ってしまった。仕方なく、大阪の二十四時間営業のレストランで深夜営業シフトに入り、一年間休みなく働いて、なんとか借金をほとんど返した。

そこで、今のオーナーに出会って、京都に出すフレンチレストランのシェフになって欲しいと言われたのだ。

さっきのブログを書いた客の顔はわかる。日付と食べたものから推測すれば、ほぼ間違いはないだろう。

イヤらしい髭を生やして、キャバクラ嬢のような若い女を連れた中年男だった。連れの女性の胸の谷間ばかり見ていたくせに、ちゃんと味わったとは思えない。

ありったけの呪詛《じゅそ》のことばを、記憶に残っている男の顔に投げつけると、ぼくは身体の力を抜いた。

向いていないのだろうか。

もう何度も繰り返した問いだった。

もし、ぼくがぼくの友達なら、こう答えるだろう。

「そりゃ、向いてないよ」と。

少なくとも、フレンチのシェフであることを諦《あきら》めて、半年前のようにチェーン店の厨《ちゅう》房《ぼう》でマニュアル通りの料理を作っていれば、生きていくことはできる。借金を背負うこともないし、ブログの評価に一喜一憂することもない。

だが、自分はそのために、あんなに厳しい修業をしたのだろうかと考えずにはいられないのだ。

祖母に借りたフランス修業の費用もまったく返せていない。催促されたことはないが、返して祖母を安心させてやりたい。料理学校の学費、フランス滞在でかかった費用、それから店を潰して作った借金。

ぼくの人生の収支は大幅に赤字である。

いや、向いてないのなら仕方がない。諦めがつく。だが、料理学校であんなにいい成績を残せたのはなぜなのだろう。

ぼくの作る料理は、日本人の好みには合わないのだろうか。だが、フランスで店を出すほどの勇気も資金もない。

近いうちに、なんとか結果を出すか、諦めるか、どちらか決めなければならない。

ぼくに残された時間は少ない。


翌朝、店に出る前に市場に寄った。

一日休んでしまったから、食材のストックを見直さなければならない。新鮮でない食材は使いたくないが、売り上げが芳しくないのに材料費を好きなように使うわけにはいかない。

まるでトランプゲームの大富豪のようだ。繁盛している店は、食材もいつも新鮮なものを使えるし、無駄な廃棄も少ない。赤字の店は、材料費を切り詰めるようになるから、どんどん味が落ちていく。悪循環だ。

せめても、最初のうちは、その悪循環を押しとどめようと新鮮な材料を使い続けてきたが、こうもうまくいかないと、オーナーの顔色も気になるし、なにより食材を捨てるのは心が痛む。こんなことをするために料理人になったわけではない。

今日も、おいしそうなセロリアックがあったのに、買うのをやめてしまった。メインの食材のレベルを下げるわけにはいかないが、ガルニチュール《つけあわせ》なら、あえて高価な野菜を使わなくても、おいしいものは作れる。

あまり食べないような食材に出会えるということも、レストランの非日常性だということは痛いほどわかっているが、それを優先できるような状況ではない。

鴨肉と土佐《とさ》あかうしのヒレ肉と、ハーブを買って保冷ボックスに入れ、鮮魚店でしばらく悩む。

肉と違って、鮮魚は翌日に持ち越せないから慎重になる。だが、フルコースに魚料理を欠くわけにはいかない。悩みながら、美しい鱸《すずき》と穴子を買う。

今日も予約は一件も入っていないだろう。それでも当日の予約や、飛び込み客がくるかもしれないから、食材は仕入れなければならない。

普段から予約でいっぱいならば、飛び込み客の分までは考えなくていいし、食材のロスもそれほどない。

パリで修業していたレストランは、当日キャンセルが出ない限り、飛び込み客は断っていた。もちろん食材も予約客の分しか仕入れない。

ああいうレストランならば、もっと冒険して食材を買うことができる。もちろん、そんな店にできないのは、自分のせいでしかない。

せめて、おまかせコースのみにして、内容はこちらで決められるようにしたいのだが、オーナーの意向でそれもできない。何種類かのメニューを日替わりで用意しなければならない。

ぼくの希望もできるだけ口にするようにはしているが、オーナーはかなり頑固で、なかなか首を縦に振らない。

もっと、自由にやらせてくれればいいのにと考えた後、それでレストランをひとつ潰してしまったことを思い出した。

店に到着して鍵を開ける。

若葉はもう来ているはずの時間だが、気配はない。タイムカードもなにもない店だから、出勤時間も自分の裁量で決めているようだ。

みれば、テーブルクロスも新しいものに換えてあるし、掃除も終わっているようだ。

そういえば、昨日はワインや食材がいくつか届くはずだった。それを受け取るために店に来て、ついでに掃除もしたのだろう。

自由気ままだが、仕事はできる。それはこの半年でよくわかっている。オーナーはたぶん、ぼくをクビにすることがあっても、若葉をクビにはしないだろう。

予約台帳を見ると、今日のディナーに、ひと組だけ予約が入っている。昨日電話があったのかもしれない。

ふたりなら、今日買ってきた材料で対応できるし、ディナーならランチ営業が終わった後に買い物に出ることもできる。

冷蔵庫の食材をチェックし、もう使えないものは捨てる。あらためて、本日のメニューを組み立てて、メニューカードに書き入れる。

ビストロならば黒板に書けばいいが、もっと高級感を出したいから、手書きにする。テーブルは四つだから、満席でも十六人。全員分だと大変だが、今日などは、五枚作れば充分過ぎるだろう。

念のため、八枚のメニューカードを作り終わると、下ごしらえにかかる。

冷凍してあったフォン・ド・ヴォーを火にかけながら、野菜を切っていると、業務用出入り口のドアが開く音がした。

若葉がやってきたのかと思ったが、カツカツというハイヒールの音がする。若葉ではない。

「亮くん、身体大丈夫なの？」

厨房の入り口から顔をのぞかせて、澤山柊子《さわやましゅうこ》はそう尋ねた。

「おかげ様で、もう大丈夫です」

太股《ふともも》のラインがわかるほどぴったりしたタイトスカートと、膝《ひざ》の上まであるようなハイヒールのロングブーツ。およそ、午前中の街にはまったくふさわしくない格好のこの女性が、レストラン・マレーのオーナーである。

せいぜい三十代ほどに見えるが、前に酔っ払って「さるとびエッちゃん」と「山ねずみロッキーチャック」の主題歌を熱唱していたので、たぶん実年齢はそれより上だ。

バイセクシャルでポリアモリーだと公言していて、常に男女関係なく、三人ほどの恋人がいるらしい。

一度、「そんなことしていて、いつか刺されませんか」と言ったら、「やあね、これだからモノガミー規範の男は」と言われたことがある。

三人だろうが、四人だろうが、つきあっている相手には隠し事はしないし、誠実につきあっているから、揉《も》めることはないのだという。

ポリアモリーというのは、同時に複数の恋愛対象を持てる人間で、モノガミーというのは一対一の恋愛関係にこだわる人間だということは、そのときに知った。

澤山は厨房に入ってきて、ぼくの作ったメニューカードを読んだ。

「鴨肉のソテーマディラ酒ソース、牛フィレ肉とフォアグラのロティ、鱸のポワレ。

つまんないわね」

そう言われてムッとする。確かに平凡なメニューだが、そういう料理の方がよく出るのだ。

「ジビエは？　なんにもないじゃない」

「猪肉のラビオリがありますよ」

澤山はあからさまに嫌な顔をした。

「ラビオリ？　つまり詰め物として少し使っただけってこと？」

澤山は近くにあった椅子を引き寄せて座った。

「わたしが夕食に食べるようなものはあるの？」

どうやら、今日の夕食はレストラン・マレーで食べて行ってくれるらしい。オーナーだが、きちんと食事代は払ってくれるから、少しは助かる。

「なにか食べたいものがあったら作りますよ」

「ヤマシギのロースト食べたい」

「無理です」

そんなもの近くの肉屋には売っていない。フランス産をレストランに卸している業者はいるが、あらかじめ予約しなければならない上に、いつもあるとは限らない。

「じゃあ、ヒヨドリ」

「それも無理です」

そもそも、ジビエを扱っている食肉店でも、小鳥はいつでもあるようなものではない。ヒヨドリはそこらへんにも飛んでいるような鳥だが、食べられる部分が少なく、処理に時間がかかる。とても採算は取れない。

だからこそ、自分で獲ることができれば、少しは出せる食材の幅が広がるかと思ったが、あまりに効率が悪い。

休み返上で猟に出ても、まったくなにも獲れないこともあるし、挙げ句の果てに昨日のように遭難しかけてしまった。食材のために死にたくはない。

澤山は、ブーツの足をばたばたさせた。

「あーあ、亮くんの作ったヤマシギのロースト食べたいなあ……」

あえて、聞こえないふりをして、下ごしらえに集中する。

「ヒヨドリでもいい……」

今まで、ぼくが獲ったヒヨドリは、ほとんど澤山オーナーの腹に収まった。まだ店のメニューに載せたことはない。

「亮くんの作ったヤマシギのローストおいしかったな……」

ぼくは心の中でためいきをついた。

ヤマシギのローストはフランスで教わり、日本に帰ってから一度だけ作った。

ぼくが自己資金と祖母から借りた金で、自分のレストランをオープンしてしばらく経ったときだった。

ジビエを扱う食肉店で、国産のヤマシギが一羽だけ入荷したと聞いて、それを仕入れて料理した。

それを食べたのが、この澤山オーナーだった。

次に澤山がぼくの料理を食べたいと思ったときには、ぼくのレストランは閉店していて、ぼくはチェーン店の厨房で働いていた。

彼女はぼくを探し当て、レストラン・マレーをぼくのために用意してくれた。感謝してもしきれない。

だが、彼女がぼくにこの店をまかせる条件は、継続的に自分の好きなジビエ料理を提供するということだった。

いきなりジビエ専門でやっていくのは難しいだろうから、他のものもメニューに載せていいし、春と夏の禁猟期間は無理しなくてもいい。だが、秋冬のジビエシーズンはできるだけ、メニューにジビエを充実させること。ぼくはその条件を呑んで、フレンチレストランのシェフに返り咲いたのだ。

だが、彼女のこの条件が、ぼくを困らせているのも事実だ。

「それと、フェイスブックのメッセージ、見た？」

「見てません」

店のSNSはオーナーが管理している。ぼくもパスワードは知っているが、ときどき、覗《のぞ》いてみる程度だ。

「また、いつもの人から変なメッセージがきていたわよ」

たしか、動物愛護で肉食反対という主張の人が、よく攻撃的なメッセージを送ってくると言っていた。「野生動物を殺して食べるなんて、残酷だ」と書かれていたのを以前読んだ。

もちろん食べないというのはその人の主義で尊重するが、食べる人や提供する店に嫌がらせをして、なんになるのだろうか。反感を買う人を増やすだけだと思う。

「まあ、手当たり次第メッセージを送っているだけだと思うけど、店に直接嫌がらせがあったら、すぐに警察に連絡して」

「わかりました」

ぱたぱたという軽やかな足音がして、若葉が厨房に入ってきた。

「あっ、オーナー、今日は早いですね」

「そうなの。亮くんの体調が心配でさー」

若葉は、新聞紙に包《くる》んだ花をオーナーに見せた。

「テーブルに飾るお花がなかったので、買ってきました」

そして、遅刻は不問となるわけだ。まあ手ぶらで遅刻しても、オーナーは若葉のことは咎《とが》めないような気もする。

小柄な体格、ショートカットと完全なるノーメイクで、子供のようにも見える。本当の年齢は知らない。

若葉は別の飲食店で働いてたところを澤山に気に入られてスカウトされたという話だったが、先日、衝撃の事実が発覚した。

「前の仕事、どういうレストランだったの？」と聞いたとき、にこやかに「キャバクラです」という答えが返ってきた。

「欲しかった車も買えたし、そろそろ昼職に戻りたかったタイミングで誘われたんですよね」

そう語る彼女を見ながら、ああ、夜の仕事との対比で、昼職というんだな、などと考えた。

その後、彼女のキャバ嬢時代の写真も見せてもらったが、茶色に染めた髪をくるくると巻き、分厚いつけまつげにキャミソールドレスというスタイルで、今とは完全に別人だった。

たぶん、当時の常連客が、うちにやってきても絶対にわからないだろう。過去と決別したいという理由で変わったわけではなく、仕事だから化粧してただけで当時も普段はすっぴんだったという。

「ところで、潮田さん、こないだはなにか収穫ありました？」

そういえば、猟に行くことを若葉には話していた。

「えっ、収獲ってなに？　合コン？」

「そんなわけないでしょ。オーナー。狩猟ですよ。狩猟」

そう言ってしまってから、はっとする。澤山には隠しておきたかった。

「えっ、なにが獲れたの？」

「なにも獲れてません。坊主です。坊主」

釣りではなく、狩りでそのような言い方をするかどうかはわからないが、そう答える。

「なあんだ。つまんない。せっかく、おいしいジビエが食べられると思ったのに」

「またなんか仕入れておきますよ」

しばらく狩りに行く気にはなれないが、食肉店に注文することはできる。

「だいたい、潮田さんは意識が高すぎるんですよね」

若葉はそんなことを言い出した。なんだ、意識が高いって。

「フランスから輸入したものも嫌で、国内で売ってる猪なども嫌だなんて言ってたら、使える食材はないじゃないですか。なんでフランス料理なのに、フランス産のものが嫌なんですか？」

「フードマイレージの問題もあるし」

「なんですか？　フードマイレージって。食べた分だけ貯まるマイル？」

「違う。食材を遠くから取り寄せることが、環境に悪影響を与えてるということ。輸送にかかる燃料とかがね。だから、なるべく国内のものを選びたい」

「へえ……」

澤山が口を挟む。

「つまり地産地消ってこと？」

「そういうことです」

　もちろんそれだけではない。フランスで、ぼくは冷凍ものではないジビエの味を知ってしまっている。冷凍されて空輸で運ばれてきたものを使いたくはない。セロリアックやズッキーニの花を買うことは我慢できても、味が落ちているとわかる肉は使いたくないのだ。

　それが若葉の言う「意識が高い」ということかもしれないが。

「じゃあ、なんで日本の猪や鹿じゃダメなの？」

「どうもうまく使えないんですよ。鹿は淡泊すぎるし、猪はあまりにも脂が多すぎて。ヤマシギやヒヨドリや、野兎などが手に入ればいいんですけど……」

　それが簡単なことではないことはわかっている。

　ジビエそのものは苦手というわけではない。あの野趣あふれる味わいを自分の腕でねじ伏せるのは大好きだ。

　だからこそ、勝手に理想のジビエを探し求めているのかもしれない。

　ふいに、あの遭難しかけた日に食べた猪のことを思い出した。夏の脂肪の少ない猪。あの肉ならば、なにかイマジネーションが湧くかもしれない。

　だがあれも、普通なら流通していないものだ。

　なんとかして手に入れられる方法はないものだろうか。

いに食べた。

結局、その週はフランス産の野鳩を取り寄せて、メニューに載せた。

野鳩のロティを注文したのは澤山だけだったから、残ったものはぼくと若葉でまかないに食べた。

冷凍したままならば保存できるが、メニューに載せるならば、すぐに調理できるように前日から解凍しておかなければならない。注文があってから解凍したのでは間に合わないし、家庭料理のように電子レンジを使うわけにはいかない。

澤山は満足そうだったし、はじめて野鳩を食べるという若葉も気に入ってくれたようだったが、自分では少しも納得できていない。

確かに野鳩だったが、飼育されたデミ・ソバージュと呼ばれるもので、本当のジビエとは呼べない。

野生のジビエはフランス国内で消費され、日本まで届けられるのはデミ・ソバージュが多いのだろう。商売として安定的に供給しようとすると、どうしてもそうなる。

納得できないまま、メニューに載せ、料理を作り続けるしかないのだろうか。

ジビエ料理さえ常にメニューにあれば、澤山が満足するというわけではない。彼女は実業家だから、収支には厳しい。今はまだ結果が出るのを待ってくれているだけだ。彼女はこのまま赤字が続くようなら、どこかで彼女は店を閉めることを決断するだろう。

納得できない料理を作り続けて、失敗することだけは嫌だ。戦って負けるにしろ、自分が胸を張って美味しいと思える料理で負けたい。

だが、突破口はどこにあるのだろうか。


冷たく濡れた鼻を押しつけられて、目が覚めた。

目を開けると、ピリカが笑っていた。前足で何度も、布団の上を掻《か》く。

（ねえ、起きてよ。出かけようよ）

表情がそう言っていた。

ぼくは身体を起こした。外はまだ真っ暗で、時計を見ると午前四時を過ぎたばかりだ。

普段はこんな早朝から起きない。ただでさえ、仕事が終わるのは夜十一時を過ぎる。早起きするのは、定休日に狩猟に出かけるときだけだ。

「なんで、定休日がわかるのかねえ」

ぼくはピリカの頭をがしがしと撫でた。

まさかカレンダーが読めるわけでもないだろうし、一週間が過ぎるのを数えているわけでもないだろう。

なのに、ピリカはいろんなサインから読み取る。たぶん、休日前のくつろいだ様子だったり、ちょっとした行動の変化だったり。

本当のところ、今日は家で休むつもりだった。さすがに疲労も溜まってきているし、この前遭難しかけた恐怖も忘れていない。

だが機嫌のいいピリカを見ると、出かけてもいいかなという気になってくる。

ベッドから飛び起きて支度をはじめる。

顔を洗って、ピリカにドッグフードを食べさせる。着替えて、簡単なサンドイッチを作り、リュックに荷物を詰める。それからガンロッカーの鍵を開けて、散弾銃を取り出した。

ぼくはピリカにリードをつけて、家を出た。

ピリカをクレートに入れて、運転席に乗り込む。

もともと、ピリカは猟犬にするつもりで譲り受けたから、慣らすために子供のときからよく車に乗せている。そのせいか、フードを食べさせてすぐに車に乗せても、酔うようなことはない。

もっとも、車酔いするかしないかは、犬の体質によるのかもしれない。

フランスで働いていた店のシェフは、ロランという男で、美しいブリタニー・スパニエルを飼っていた。休みになると、森に鳥を撃ちに出かけていた。ぼくも、銃を持たずに何度か同行したことがある。

エデンという名前の、そのブリタニー・スパニエルは有能な猟犬だったが、乗り物に弱く、車に乗せると十分ほどで生あくびを繰り返しはじめる。そのせいで、三十分ごとにガソリンスタンドで休憩し、エデンを休ませなければならなかった。

あらためて、ピリカを選んでよかったと思う。

とはいえ、ピリカはまだ猟に連れて行っても、はしゃいでいるだけだ。

ポインターの名前の由来は、犬が鳥の隠れている場所を察知して、それを飼い主に教える「ポイント」という行為からきている。

身体を低くしてぴたりと止まり、鳥のいる場所に意識を集中する、独特の仕草だ。それができるようになると、かなり猟の効率が上がる。

エデンも、雉《きじ》などが隠れている場所を、いつもそうやってロランに教えていた。優れた嗅覚や聴覚を持った犬にしかできない仕事だ。

ロランとエデンの関係を見ていると、犬がなぜ人間にいちばん近い動物になったのかがよくわかる。自然の中で生きる人間には、犬の優れた能力が必要だったのだろう。

ぼくとピリカも、ロランとエデンのようになれるだろうか。

フランスにいたときは楽しかった。もちろん、修業は厳しく、厨房では差別されることもあったし、フランス語もなかなか覚えられなかった。つらいことばかりだったはずなのに、過ぎ去ってしまえば、あのときがぼくの人生の中で、いちばん楽しかったような気がするのだ。

料理学校で成績がよかったせいで、ぼくは料理人としての自分の未来に、なんの疑いも持っていなかった。日本に帰って、料理人としてのスタートを切れば、すぐさま客が押しかけてくると無邪気に信じていたのだ。

自分に自信が持てて、自分の未来が明るいと信じられる以上に、幸福なことはないのだ。

ぼくが再び、そんな気分になれる日がくるのだろうか。

一時間ほど走って、目的地のあたりで、車を降りる。

先日遭難しかけた山の近くだが、今日は山には入らない。あの男に「ヒヨでも撃ってろ」と言われた通りに、ヒヨドリか鴨を狙う。

田園風景が広がるのどかな地域だが、最近では放置された田畑も多い。このあたりは、頑張れば市中心部に出勤できる地域だから、農業よりも働きに出る方が効率がいいと感じる人が多いのかもしれない。

だが、おかげで野鳥がたくさんいて、土日は狩猟目的の人も増えると聞く。以前、ぼくも一度このあたりでヒヨドリを撃った。

鴨がいそうな池に移動して、夜が明けるのを待つ。猟は朝一番がいいと聞くが、明るくなるまで銃を使うことは禁止されている。

ちゃんと防寒対策をしてきたつもりだが、早朝は一段と冷え込む。抱き寄せたピリカの体温が心地いい。

ヨーロッパなどでホームレスが犬を連れている理由がよくわかる。

六時半頃に、ぼちぼち夜が明け始め、七時にはすっかり明るくなったが、池に鴨の姿はない。

あてが外れた。このまま待つか、場所を変えるか考えて、このまま粘ってみることにする。

魔法瓶に熱いコーヒーを入れてきた。それを飲みながら、サンドイッチをかじった。ゴミは放置しないようにまとめて、ちゃんとリュックに戻す。

八時まで待ってみたが、鴨どころか、他の鳥が現れる様子もなかった。早朝だから、喧《やかま》しいほどの鳥の声は聞こえるが、目で捉《とら》えられるところには現れない。

ぼくはピリカに話しかけた。

「仕方ない。場所を変えるか」

寒さが厳しい時期は、じっとしているよりも歩いた方がまだ楽だ。

ピリカを連れて、歩き始める。しばらく行くと、木にヒヨドリが、鈴なりになっている場所を見つけた。

なにか木の実のようなものを食べているのだろう。

銃を構えようとして、ふと、不安が胸をよぎった。リュックから地図を出して確認すると、やはりこのあたりは鳥獣保護区になっている。保護区で狩猟はできない。

仕方なく、保護区を出てうろうろするが、ヒヨドリの姿は見えない。

「あいつら、絶対あそこが鳥獣保護区だってわかってるんじゃないか？」

狩猟をやるようになって、動物たちが人間が考えているよりもずっと賢いことを知った。

よく考えれば、人は野山で一晩過ごしただけで死んでしまいそうになるのに、野生動物はその環境で日々生活し、食べ物を探し、敵から身を守っている。賢くないはずがない。

なのに、人間は野生動物たちよりも自分たちの方が賢いと思い込んでいるのだ。

しばらく歩き回ったが、目当てのヒヨドリはほとんどいなかった。鳥獣保護区に近くなると、ヒヨドリの声が聞こえはじめるのが腹立たしい。

ふいに銃声が聞こえて、ぼくは耳を疑った。

鳥獣保護区の方から聞こえる。続けて、三発。鳥たちが一斉に飛び立つ音がした。

ぼくは走りはじめた。誰かが鳥獣保護区で鳥を撃っている。

ピリカが、はしゃいでぼくについてくる。たぶん飼い主と一緒に走れることが楽しいのだろうが、今はそれどころではない。

先ほど、ヒヨドリがたくさん集まっていた木の近くで、男が銃を構えていた。エアライフルだ。

狙いを定めて、引き金を引くと、遠くの鳥の群れが飛び立った。

立ち上がった男の顔を見て、ぼくは自分の目を疑った。

あの男だった。先週の休み、遭難しかけたぼくを助けてくれた男。マタベーの飼い主。

ピリカも気づいたのか、尻尾を振って彼に向かって駆け出す。

「おい、ピリカ！」

ピリカを呼び止めた声で、彼はこちらを向いた。

駆け寄ったピリカの背中をがしがしと乱暴なほど撫でながら、彼は言った。

「なんだ。またおまえか」

それからようやくぼくを見る。

「おまえも一緒か」

当たり前だ。ピリカが車を運転して、こんなところまでくるものか。

そういえば、ぼくの名前より先に、犬の名前を聞いてきたな、と思い出す。彼にとっては、人よりも犬の方が優先順位が高いのかもしれない。

だが、あれほど山を知っていて、狩猟経験もありそうな彼が、鳥獣保護区を無視するとは思えない。それとも、プロのハンターだからこそ、多少のルール違反を気にしないということもあるのだろうか。

ピリカは彼の顔をぺろぺろと舐めた。おいしいものをくれた人のことを、ピリカは絶対に忘れない。

思い切って言ってみた。

「あの……ここ鳥獣保護区ですよ」

「あん」

顎《あご》をしゃくって、こちらを見る。身体が大きいから迫力があり、すみませんでしたと謝りたくなる。

「知ってるよ。遭難するような奴よりも、ここらへんのことは知ってる」

「遭難しかけただけです」

「いや、ありゃ遭難だ。俺が見つけなかったらどうするつもりだったんだ」

そう言われると反論できない。

「でも知ってるならなぜ……」

「俺は害獣駆除の許可をもらっているから、鳥獣保護区でも農作物に被害が出るような動物なら、駆除できる。それだけだ。今日はこの近くの農家から、ヒヨドリをなんとかしてくれと頼まれた」

「えっ」

鳥獣保護区でも狩猟をしていいという許可がもらえるとは知らなかった。たしかに畑が近いと農作物の被害もあるはずだ。

彼の手には、五羽のヒヨドリがあった。先ほどの銃声で仕留めたものだろうか。エアライフルは散弾銃よりも扱いが難しいのに、いい腕をしている。

「罠猟だけでなく、銃も使うんですね」

「罠にかかった獲物を仕留めるのも銃だからな」

確かに、罠にかかっただけでは猪も鹿も死なない。自分の手でとどめを刺さなければならない。

銃よりも平和そうに見えて、少し興味を持ったこともあるが、街中で働きながら罠猟をすることはできない。罠にかかった生き物は、なるべく苦しまないように早くとどめを刺して、処理しなければならない。近くに住んでいて、時間が自由になる人間でないと無理だ。

彼はぼくの視線に気づいた。

「ヒヨを獲りにきたのか」

「ええ、そうですけど今日は全然」

「いるならやるぞ」

思いもかけないことを言われて驚く。

「だって、ヒヨドリ、おいしいですよ」

「うまいのは知ってるが、毛をむしるのが面倒だし、先週鹿が二頭獲れたから、正直肉はもてあましている。俺はいらん。誰も食う人間がいないなら、無駄にしないために食うが、欲しければやる」

ごくり、と、喉が鳴った。

これから頑張っても、五羽も獲れるかどうかわからない。いや、これまでの経験からすれば、確実に無理だろう。

「いいんですか？　その農家の人は？」

「車でスーパーに行けば鶏肉《とりにく》はいくらでも売っている。喜ぶ人は少ない」

　ぼくは思い切って言った。

「いただけるなら、欲しいです」

「ほら。あと、今撃ったのも、手応えはあったから当たったんじゃないか」

　彼が差し出した五羽のヒヨドリをありがたく受け取る。その後、彼が指さしたところまでいって、落ちたヒヨドリを拾い上げた。

　見事に頭が撃ち抜かれている。散弾銃でもなかなか頭を狙うことは難しいのに、エアライフルではもっと難しいはずだ。

　以前、自分で撃ったヒヨドリは、身体の中に散弾銃の弾が入り込んでいて、取り除くのに苦労した。エアライフルで頭だけを撃ち抜けば、身体は無傷だ。

　ヒヨドリを回収して戻ると、男はしゃがんでピリカと遊んでいた。ピリカはひっくり返ってお腹を出し、男に甘えている。

　自分の愛犬が、人にべたべたに甘えているところを見るのは、あまり気持ちのいいものではないが、かといって、飼い主以外に懐かないような犬では、街中で暮らしていくのに困る。ピリカは獣医師のことも、ペットホテルのスタッフのこともすぐ好きになる子で助かっている。おもしろくないくらいは我慢しなくてはいけない。

　ぼくは思い切って、彼に聞いてみた。

「あの、このあいだいただいた、夏の猪ですけど。どうやったら手に入るんですか？」

彼は驚いた顔でぼくを見上げた。

「夏の猪は夏にならなきゃ無理だし、そもそもあまり肉屋に出回るようなものじゃないが……」

「もし、手に入ったら譲ってもらうことはできますか？」

「そりゃ、かまわないが……」

彼は少し考えこんだ。

「夏の残りがまだ冷凍してある。肩ロースだからうまい部分だ。いるか？」

「いいんですか？」

「かまわない。肉はもてあましていると言っただろう」

彼は立ち上がって、膝の泥を払った。

「鹿であろうと、猪であろうと、鳥であろうと、俺は獲れたものをありがたくいただく。その過程でうまいものをまずくしてしまわないように努力はするが、それだけだ。今は獲れる数に、俺が食える数が追いついていないから、どこであろうと持って帰ってもらえると、俺も助かる」

ぼくは頭を下げた。

「よろしくお願いします」

家の前では、マタベーが仁王立ちになって待っていた。

長めのリードで係留しているようだ。しかも、五メートルはありそうな長いロープを杭《くい》で留め、そのロープにリードを通しているので、敷地内を自由に動き回れるようになっている。

車から降りたぼくを見て、三度ほど吠えたが、すぐに口を閉じた。会ったことのある人間だと気づいたようだった。だが、ぼくに尻尾を振ったり、近づいてくるようなことはない。

体格ががっしりとしていて、被毛も豊かだ。

「甲斐《かい》犬ですか？」

彼にそう尋ねると、あまり興味なさそうに答える。

「マタベーか？　北海道犬らしい。だが、本当かどうか知らない。前の飼い主がそう言っていた」

ぼくは挨拶代わりに、手の匂いを嗅がせた。マタベーはふんふんと鼻を蠢《うごめ》かしたが、それだけだった。同じ犬でもピリカとはまったく違う。

ピリカは、自分に興味を持ってくれる人のことがみんな好きだ。知らない人でも最初から愛想がいい。

マタベーはあまり人そのものに、興味がないようだった。飼い主の帰宅を喜んでいるのは表情や、耳の角度でわかるが、彼に飛びついたり、後をついてまわるようなことはしない。

ピリカはマタベーに近づいて、少しだけ匂いを嗅ぎ合ったが、すぐに適度な距離を取る。お互いを見知っている犬たちの仕草だ。

マタベーの飼い主は、離れの小屋の鍵を開けて、中に入った。数分後、ビニール袋を持って出てくる。中にはジップロックに入ったブロック肉が入っていた。

「ほら」

「あの……おいくらかおっしゃってください。ヒヨドリの分も」

「いらない。売るために獲っているわけじゃない」

ぼくはポケットから、自分の財布を出し、中に入れてある自分の名刺を取り出した。

「あの、ぼくは潮田といいまして、料理人をやっています」

その瞬間、彼の顔色が変わった。ぼくの手から肉の入った袋をひったくる。

「店で出すのか？　ならダメだ」

慌てて言う。

「出しません。だって、自宅で処理したものですよね」

彼の眉《まゆ》から、険しさが少し減った。

野禽《やきん》や小鳥なら、店で解体することはできるが、不特定多数に提供するような肉は、たとえジビエであろうと、設備の整った処理場で解体しなければならない。

「じゃあ、どうするんだ」

「試作です。新しいメニューに挑戦したいんです」

彼はぼくの全身をじろじろと睨《ね》め回した。

「ふうん……ヒヨもか？」

「ヒヨドリはこの量だったら、たぶん、オーナーが全部食べてしまうかと……」

彼が眉間に皺を寄せた。

「うちのオーナー、小鳥が好きなんです」

そう言ってから、このひとことだけ聞くと、全然違う意味に聞こえるな、と考える。小鳥が好きな女性と言われれば、多くの人は、小鳥を飼ったり、眺めたりして愛《め》でている心優しい女性を想像するだろうが、澤山オーナーのは、頭からばりばり食べる方だ。心優しいと言えるかどうかは、判断基準によるとしか言えない。

彼は少し考えこんだ。肉の袋をもう一度差し出す。

「だったら、もっていけ。金はいらない」

「そういうわけには……。客に出さないとしても、ぼくはプロの料理人です」

「面倒くさいんだよ。どうしてもと言うなら、もうやらねえ」

ぼくの手から肉をまた奪い取ろうとするから、慌てて逃げた。

なにか別の形でお礼をすることを考えた方がいいかもしれない。そもそも、助けてもらったことへのお礼もなにもしていない。

「わかりました。せめてお名前と連絡先を……」

危ないところを助けられた町娘のような台詞《せりふ》になってしまった。

「大高《おおたか》だ。大高重実《しげみ》」

ふと、どこかで聞いたような気がしたが、その感覚は一瞬で過ぎ去った。

「電話番号とかは……」

ポケットから彼がスマートフォンを取り出す。薪ストーブを焚《た》き、自分で鹿や猪を解体して食べているが、持っているのは最新式のスマートフォンだった。

この前、確かめてみなかったが、もしかすると家の中にはWi-Fiが飛んでいたかもしれない。

表示された電話番号を、自分のスマートフォンに入力してから、ぼくは頭を下げた。

「なにからなにまでお世話になりました」

「もう遭難するなよ」

それを言われては耳が痛い。だが、ヒヨドリと、猪の肉が手に入ったのは、予想外の幸運だ。

「このお礼は必ずします」

「別に必要ない」

彼はそう言うと、振り返りもせず、家の中に入っていった。

第三章　若猪のタルト
Tourte au sanglier

裏口から、ピリカを連れて、店の中に入った。営業日に連れてくることはないが、定休日に試作メニューを作るときには、一緒に出勤する。オーナーにも許可はもらっている。

ホールにある暖炉の前に、ピリカのマットを敷いてやると、彼女は機嫌良く寝そべった。朝が早かったせいか、すぐに寝息を立て始める。

ぼくも少し疲れてはいたが、それより肉を調理したい気持ちの方が大きかった。

ヒヨドリは羽をむしらずに、ジビエ用の冷蔵庫に入れる。このまま三日ほど熟成させる。羽をむしってしまえば、鮮度が落ちる。

それから、手をよく洗い、猪の肩ロースを取り出した。

すぐに調理したかったから、あえてクーラーボックスに入れずに持ち帰った。触ってみるとちょうどいいくらいに解凍されている。

さて、どうするか。

肩ロースという最高の部位だから、あまり手を加えない方がいいかもしれない。オーブンでローストするか。だが、そのままではあまりにもおもしろみがない。

冷凍してある猪のロース肉があるから、あの脂肪分を切り取り、それを塗りながら焼くとか、もしくはラルドという豚の背脂を熟成させたハムがあるから、それで包んで焼くか。

猪のタルトもいいかもしれない。タルト生地で包み込んで焼くことで、しっとり仕上がるし、野趣あふれる香りに、バターや卵の甘い香りが加わって、食べやすくなる。

タルトなら、一度作れば、何人分かの前菜になる。

もちろん、これをそのままレストランで出すわけにはいかないが、試作してうまくいけば、似たような猪を探して、作ればいい。

せっかくだから、シンプルなローストも作ってみたい。この前は一切れ食べただけだったし、疲れて空腹だった。どんなものでもおいしく感じたかもしれない。

半分をタルトに、半分をローストにする。

ヒヨドリは、熟成させたあと、ローストと、ムースを作るつもりだった。

なぜだろう。食材をどう料理したいかのイメージがどんどん広がっていく。こんなことはひさしぶりだった。

翌朝、ランチの仕込みをしていると、澤山オーナーがやってきた。

カウンター席に腰を下ろして、メニューカードを見る。

「えーと、鴨のロースト カルバドス風味、マルセイユ風ブイヤベース、比内《ひない》地鶏のブランケットねえ……」

「食事されるなら、今日は猪のタルトがありますよ」

「へえ」

彼女は興味を持ったようにぼくを見上げた。

「メニューには載せないの？」

「試作品です。正規ルートじゃない肉なんで、店には出せないんですよね」

オーナーは身を乗り出した。

「なになに？ ちょっと危険な香りじゃない。正規ルートじゃないって」

にやにやしながらそう言う。なんだか妙にうれしそうだ。

「知り合いになったハンターさんが、家で解体したものなんですよ。清潔な環境だし、手際もいい人だから心配はないんですが、食肉処理施設で、処理したものではないので、お客に出すのはちょっと難しいです」

ぼくは、大高が鹿を解体するところを見ている。熱湯やアルコールを使って、きちんと備品を消毒しながら、手際よく作業を進めていた。衛生面に気を遣っていることは、横で見ていてもわかった。

「へえ、厳しいのねえ」

「まあ、肉のことですからね」

野生の獣には、ダニも寄生虫もいる。家畜として飼われている牛や豚でも、解体は技術が必要だ。やり方を間違えれば、肉は簡単に汚染される。

「解体の環境も見てきましたし、この肉は問題ないはずですよ」

オーナーなら、そんなことは気にせず食べるかもしれない。鹿の刺身も、熊の刺身も食べたことがあると言っていた。出す店はあるが、ジビエの生食はE型肝炎の危険性があるから、うちでは絶対に出さない。

「えー、食べたい。猪のタルト食べたい。ランチ、食べて行こうかな」

「前菜は、猪のタルトで、メインはどうされますか？」

「牛フィレ肉にフォアグラのっけたやつ。デザートはダイエット中だからいいや」

容赦なくメニューにないものを注文してくる。まあ、そこはオーナー特権だから仕方ない。フォアグラを頼んでおいて、ダイエットの意味があるのかどうかも疑問だが、あえて口には出さない。

オーナーは身体を曲げて、奥にいる若葉に声をかける。

「若葉ちゃん、スプマンテお願いねー」

どうやらもう食べ始めるつもりらしい。

ぼくはタルトをオーブンに入れた。お菓子のタルトのように、台にフィリングをのせる形ではなく、生地でフィリングを包み込んでいる。大きなものを作って切り分けるのも豪華だが、今回はひとり分の小さいものを四つ作った。ひとつは冷凍しておいて、次の休みに大高に届けるつもりだった。

オーブンであたためたタルトを、皿にのせ、猪のフォンとマディラ酒で作ったソースで皿に模様を描く。本当は血を入れたソースを作りたいが、簡単に手に入るものではない。

スプマンテを飲んでいる、オーナーの前に皿を置く。

「はい、どうぞ」

「へえ、おいしそうじゃない」

彼女がタルトにナイフを入れると、猪の香りが広がった。

バターの香りが野性味のある香りを中和させるかと思ったが、封じ込まれていたせいでより猪を強く感じる。だが、不快な臭みではない。ジビエが好きな人にはたまらない香りだ。

調理していて気づいたのだが、もらった肩ロースは、以前調理した猪の肩ロースよりも小さかった。つまり、若い猪だ。まだ子供かもしれない。

オーナーの目が見開かれる。彼女はフォークを持ったまま立ち上がった。

「ちょっと、亮くん！」

「は、はい」

一瞬怒られるのかと思ったが、彼女は勢い込んで話し始めた。

「これ、すごくおいしいよ！　これよ！　わたしが食べて感動した亮くんのジビエ料理。あのときのヤマシギと同じ味がする」

「ヤマシギと猪は同じ味はしないと思います」

「そういうことじゃなく！」

怒られた。おいしいものを作って怒られるのは理不尽だ。オーナーは喋《しゃべ》り続けた。

「驚きと、情熱の味よ！　食べたとき感動があるのよ」

「はあ……」

確かに試食したとき、満足できるひと皿ができたと思った。

ジビエは、管理された家畜ではないから、個体によって肉質も味もまったく違う。次も満足できる料理が作れるとは限らない。

肉質がよかったのか、大高の解体処理がいいのか、それともたまたまうまくいったのか。

「ヒヨドリも手に入れましたよ。今熟成させてますから、三日後くらいにはメニューに載せられると思います」

「えっ、亮くん、ちょっとどうしたの？　急にやる気が出たの？」

別にこれまでもやる気がなかったわけではない。一生懸命やっていたつもりだ。

だが、強いていえば、強いイメージが湧いてくるのだ。

ヒヨドリは、目の前で木の実をついばんでいるところを見た。猪は、実際に生きているところを見たわけではないが、山で迷って、自然の厳しさを痛いほど感じさせられた後に、肉を味わった。

そんな経験が、どんな料理を作ろうかというイメージに繋がっていく。

まさに、そこで生きていた命を、ひと皿の料理にするのだ。

買ってきた肉では、たとえジビエであろうと、そんなイメージは広がらない。

やはり、自分で獲るしかないのだろうか。腕を磨けば、レストランで出せるような質と量がまかなえるのだろうか。

考えているうちに、ランチの客が入り始めた。

ぼくは思考を棚上げにして、料理に集中しはじめた。

充分に熟成させたヒヨドリの羽をむしる。掌におさまってしまうほどの小さな鳥。だが、その中には、凝縮したような旨みが詰まっている。

丁寧に羽をむしり、残った羽をバーナーで焼く。頭と爪を落として、身体を真ん中で割く。砂肝や、鬱血《うっけつ》を取り除き、硬い骨にナイフを入れて、食べやすくする。

確かに、大高が言った通り処理は面倒だ。一頭獲れば、一ヶ月や二ヶ月食べることができる鹿や猪とは違い、ヒヨドリは一羽だけ食べても、満腹にはならないだろう。

フランス料理だからこそ、手をかけて、一羽をひとり分の料理にできるが、腹を満たすために食べるのなら、効率が悪すぎる。

秋の恵みを充分食べたのか、脂ののったよいヒヨドリだった。

炭火で焦げないように焼き、きれいな薔薇《ばら》色になるように中まで火を通す。

今回は、黄色い食用ほおずきと合わせて、ソースにするつもりだった。

手間はかかるし、簡単に手に入るものではないから、失敗は許されない。

だが、なにより楽しいと感じる。

小さなヒヨドリが、ぼくに挑みかかってくる気がする。ぼくはそれをまっすぐに受け止める。

ヒヨドリが食べた果実や木の実、飛んでいた空、感じた風すべてを、ひとつの皿の上に表現したいのだ。


次の休み、ぼくはまた大高の家を訪ねた。

猟師ならば、たぶん早朝から午前中は外に出ているだろうと、あえて、夕方あたりを狙う。

もしいなかった場合を考えて、猪のタルトは保冷剤と一緒に、クーラーボックスに入れてきた。他にはモンゴルの岩塩と手作りのラズベリーマスタードを入れてある。

肉をもらったお礼になにを持って行こうかと、ずいぶん悩んだ。甘いものも酒も、好む人と好まない人がいる。肉はもてあますほどあると言っていたから、ハムやベーコンというのも野暮だ。野菜もどこかでたくさんもらっているかもしれない。マスタードや塩なら、肉を調理するときに使えるはずだ。

彼は料理を勉強したことがあるのだろうか。

最初に一口もらった猪のローストは、火の通し方が見事だった。犬にもやれるように塩味はついていなかったが、だからこそ、火加減の上手さがよくわかる。

それとも、肉と真剣につきあううちに、自然と腕があがったのだろうか。

薄暗くなりかけた頃、彼の家に到着した。車を停めるとマタベーが家の中から吠えた。

マタベーがいるということは、彼も家にいるだろう。

ピリカを連れて、車を降りる。音を聞きつけたのか、大高が引き戸を開けて、出てきた。

「なんだ。またおまえか」

にこりともせずに、ぼくを見てそう言うが、ピリカが飛びつくと、目が優しくなる。

大きな手で、胸や背中を撫ではじめた。

「おまえはいつも元気だな」

二度目の「おまえ」はピリカに向けたことばだ。

「で、なにか用か？」

ぼくはマスタードと岩塩の入った袋を差し出した。

「先日のヒヨドリと猪のお礼です」

「必要ないと言っただろう」

「大したものじゃないんで。モンゴルの岩塩と、ぼくが作ったラズベリーマスタードです。ジビエに合うと思います」

彼は、少し目を見開いた。興味を持ったような気がする。

「マスタードは一ヶ月くらいで食べてください。それと」

クーラーボックスを開けて、猪のタルトを入れた箱を取り出す。

「これは、いただいた猪で作ったタルトです」

「タルト？　ケーキにしたのか？」

「いえ、塩味のタルトです。ワインなどにもよく合います」

「ふうん……」

彼は思っていたよりも素直に受け取った。

「そのまま解凍しても食べられますが、オーブンで十分くらい焼き直してもらうと、焼きたてみたいにおいしくなります。オーブンはお持ちですよね」

以前もらった猪のローストはあきらかにオーブンで焼いたものだ。

「いや、持っていない。だが、薪ストーブの熾火《おきび》で焼くことはできる」

それを聞いて驚いた。

「じゃあ、この前いただいた、猪のローストも薪ストーブで焼いたんですか？」

「そうだ」

フランスにいたとき、シェフのロランの別荘を訪れたことがある。そこに薪ストーブがあり、調理もできたが、つまみで調節できるようなオーブンとはまるで違い、火加減が難しかった。

煮込み料理ならまだしも、肉をうまく焼く自信はない。

ぼくは確信した。山に入って猪や鹿をつかまえ、鳥を撃つような自然に近い生活をしているが、彼は食べることが好きな人間だ。

炉の状態や、熾火の量なども意識して、常に気を配っていなければ、薪ストーブで肉をうまく焼くことはできない。

ぼくが持ってきた土産は、どうやら大高のお気に召したようだった。

「ヒヨドリ、まだいるか？」

「え？」

「昨日、十二羽撃った。二羽はもう羽をむしってしまったが、残ってるのなら持って帰っていいぞ」

ぼくは、ごくりと唾を飲み込んだ。

もらえるならありがたい。いや、それだけでなく、ずっと考えていたことがある。

「いただきたいです。でも、前にもいったように、ぼくはプロの料理人ですし、ヒヨドリも自分のレストランで出したい」

「好きにすればいい。猪や鹿は、店で出すというなら、やるわけにはいかないが、ヒヨドリならおまえの勝手だ」

「でも、だったら、ただでもらうわけにはいきません」

「なら、好きなだけおいていけ」

「それも困ります。材料費を計上しないといけないので、領収書をもらわないと……」

彼は低く唸《うな》った。

「面倒くせえ」

それは同感だ。だが、何かを生業《なりわい》にして、お金を得るということはどうやっても面倒くさいことだらけなのだ。

ぼくは呼吸を落ち着けた。気持ちが折れてしまわないように、心を決めて、はっきりと言う。

「継続的に契約できませんか？　大高さんが獲ったヒヨドリや、他のジビエをうちに納品してくれるなら、こちらで契約書を作って、毎回領収書など作ってもらわなくてもいいようにできます。なるべく、大高さんが面倒でないやり方を考えられます」

大高は大きくためいきをついた。

「そういうこと自体が面倒くさいんだ。見ればわかるだろう。そういうのが嫌だから、人から離れて住んで、鳥や獣を獲って生きている」

それはわからなくもない。

「でも、狩猟するのにも、銃を扱うのにも免許がいりますよね。車だって車検もある。害獣駆除の許可を取れば、鳥獣保護区域でも銃を使うことができる」

彼の目がとげとげしさを増した。

「なにが言いたい」

「どう生きても、ある程度の面倒くささはついてまわります。だから、大高さんが面倒くさい思いをした分、いえ、それ以上のリターンがあると感じられるようにします。嫌なことがあれば、途中でやめていただいてかまいません」

彼は話を終わらせるように強い口調になった。

「悪いが、俺はこれ以上、人生を複雑にしたくない。今のままで充分だ。嫌なことがあればやめていいと言われても、はじめから関わらないことを選ぶ」

ぼくは息を吐いた。

こうまで言われてしまえば仕方がない。望んでいない人を無理に関わらせることはできない。

「わかりました。残念です」

彼はなにか理由があって、なるべく世間との関わりを避けようとしている。ならばそれを尊重するしかない。

「無理なことを言ってすみませんでした」

ぼくが頭を下げると、彼は少しほっとしたような顔になった。

「金はいらない。それでよければ、ヒヨドリは持っていけ。なにか酒でも持ってきてくれればそれでいい」

「ありがとうございます。ワインも飲まれますか？」

「くわしくはないが、あれば飲む」

彼の好きなものがわかってよかった。

もらったヒヨドリをクーラーボックスに入れる。撃ったのが昨日なら、明後日くらいにはメニューに載せられるだろう。

たぶん、ぼくはどんな環境で生きていたかわかるジビエを料理したいのだ。

それはヒヨドリであろうと、鴨であろうと、鹿や猪であろうと変わりはない。肉になったそれを、ただ買うのではなく、生きていた環境を理解して、それにふさわしい料理を作りたい。

自分で獲るか、人脈を広げて、大高のように腕のいいハンターを探すか、どちらかしかない。

だが、正直、自分で獲るのには限界がある。

休みは週一しかないから、遠くまでは行けないし、獲物も限られてくる。そもそも、腕だってよくないし、猟師には向いてないような気もしている。

休日を猟に出ることにすれば、まったく休まずに働き続けることになる。今はよくても、そのうち身体を壊してしまうかもしれない。

週二日休ませてもらうように、オーナーに交渉することも考えたが、今はあまりにも売り上げが少なくて、申し訳ない。

週五日で充分な売り上げが出せれば、オーナーは考えてくれるだろう。だが、それにはそれで突破口が必要だ。

出口を見つけたような気持ちになったのに、またすぐに迷子になる。


メニューに載せたヒヨドリのローストは、あまり注文がなかった。

オーナーも最初は喜んで食べてくれたが、さすがに続くと、「今日はヒヨドリ以外が食べたい」と言い出す。

大高からもらったヒヨドリのうち、五羽は羽付きのまま冷凍することにして、残りでヒヨドリのムースを作ることにする。

骨と内臓を取り除き、肉とレバーを赤ワインで煮て、フォアグラと一緒にフードプロセッサーにかける。裏ごししてなめらかになったそれを冷やし固める。

前菜として出すときは、同じように赤ワインで煮たプラムと合わせる。

ヒヨドリのムースにもほのかな甘さがあり、プラムの甘さと合わさると、多層的な甘さを感じる。これも満足できる仕上がりになった。

ローストは飽きたと言ったオーナーも、ヒヨドリのムースは、喜んで食べてくれた。残りは、来週大高のところにワインを届けに行くときに、一緒に持っていくつもりだった。

店で出すときのようにプラムを添えず、カリカリに焼いたバゲットなどに塗って食べるのも最高だ。

大高は、猪のタルトを食べただろうか。食べたならどう感じただろうか。

自分の作った料理には、彼の心を動かすだけの力はあるだろうか。

考えても簡単に答えは出ない。

次の休みに、もう一度、大高の家に向かった。

夕方、ヒヨドリのムースと、手頃な値段のワインを三本、後部座席に積んだ。命を助けてもらったことを考えると、もっと高級なワインを持っていってもいいくらいだが、大高の機嫌が悪くなる気がした。

クレートに入れたピリカが、ふんふんと鼻をそよがせた。ヒヨドリのムースの匂いがするのだろう。肉も好きだが、ピリカはなによりレバー類が好きだ。フォアグラも入っているし、たまらないのだろう。

高速道路を走らせながら、考える。

今日、もう一度頼んでみた方がいいのか、それとも諦めた方がいいのか。

熱意を知ってもらうには、何度でも頼んだ方がいいのだろう。三顧の礼という話もある。だが、一方で、そういうことには関わりたくないという彼の意志も尊重すべきだと思った。

彼の家が近づいてくるにつれて、なぜか違和感を覚えた。

道を間違えたのかもしれないと思ったが、ナビの画面は間違いなく彼の家に向かっている。

彼が肉の解体をしていた小屋は見える。だが、その横にあったはずの母屋が見えないのだ。

ぼくは少し手前で車を停めた。ドアを開けて飛び降りる。

一週間前とはまったく違う景色がそこにあった。なにがあったかはすぐに理解できた。

母屋があったところには、焼けた柱が立っているだけだった。地面には黒焦げになった壁や屋根の残骸が積み重なっている。火事があったのだ。

ぼくは、スマートフォンをポケットから取り出した。大高の電話番号を探して、電話をかける。

しばらく呼び出し音が続いた。祈るような気持ちで、それを聞き続ける。

電話が取られた。

「誰？」

聞こえてきたぶっきらぼうな声は、大高のものだった。

「大高さん、今どこですか？」

「誰だよ」

「あっ、潮田です。料理人の。今、家の前まできてます」

「ああ」

思い出してくれたようだ。

「怪我とかはないですか？　マタベーは？」

「いや、それは大丈夫だ。今は楢西川《ならにし》のキャンプ場にいる」

そのキャンプ場ならばここから車で二十分ほどだ。

「今から行きます」

ぼくはそう言って、電話を切った。

近くにミニバンが止まって、三十代ほどの女性が、こちらを睨《にら》み付けている。あまり人が多くない土地だから、見知らぬ人がいると警戒するのだろう。

通報されたりしないうちに退散することにする。

大高に怪我がないと知って、少しほっとする。彼が留守中に火事になったのだろうか。

それとも、すぐに気づいて避難できたのか。

冬の平日だから、キャンプ場の駐車場はガラガラだった。隅の方にぽつんと止まっているのは、大高のデッキバンだ。

車を停めて、ピリカと一緒にキャンプ場に入る。

緑のテントが川岸に張られていた。焚き火が燃えていて、その前に大高とマタベーが座っていた。

ピリカが大高に駆け寄る。彼はピリカを撫でながら、ぼくを見上げた。

「よう、元気そうだな」

「家、どうしたんですか？」

彼は不本意そうな顔をした。

「見たならわかっただろう。火事だ。俺が留守の間に火が出た」

「原因は……？」

「わからない。薪ストーブの火はちゃんと始末した。漏電か、もしくは放火か……」

ぞくり、とした。何者かが彼の家に火をつけた可能性もあるというのか。

「ま、古い家だったからそんなこともあるだろう」

「今はここで寝起きしているんですか？」

「ああ、物置にテントと寝袋があったから、持ってきた。ここなら一泊五百円だから、ネットカフェよりも安い」

思ったより元気そうなことに、ぼくはほっとした。

それにしても、火事に遭ったからキャンプ場でテント生活をするだなんて、普通はあまり考えつかないのではないだろうか。

「問題がひとつあってな……ここは風呂がないから、銭湯に風呂に入りに行きたいんだが……」

彼はことばを濁した。

「猟銃ですか？」

猟銃から目を離すわけにはいかない。

「猟銃は、買った店に預かってもらっている。テントじゃどうしようもない。マタベーだ」

猟銃は鍵のかかるロッカーに保管しなければならない規則だ。たしかにテントで保管するのはどうやっても無理だ。

「ここで見ていればいいんですか？」

「ありがたい。恩に着る」

彼は立ち上がって、テントの中からザックを取りだした。

「それと、この前の話、まだ生きてるか？」

そう言われて、すぐにはなんのことかわからなかった。

「この前の話？」

「おまえのレストランに、野鳥を売るという話だ」

ぼくは勢い込んで答えた。

「もちろんです！」

彼はマタベーのリードをぼくに渡すと、ザックを背負った。

「つまり、こういう事情で金がいる」

第四章　小鴨のソテー　サルミソース

Salmis de sarcelle

幸運に恵まれている人間と、運の悪い人間とは考え方からして違う。

運のいい人は、なにかをはじめるとき、いいイメージしか持たないだろうし、最悪なことがあっても立ち直りが早い。自分は普段から運がいいから、たまにはこういうこともあるだろうと考える。

二十代初めのぼくがそうだった。うまくいったことは自分の実力で、失敗したことは「たまたま不運だった」と考えた。それが正しいかどうかはともかく、気持ちは常に穏やかだ。

だが運の悪い人間は違う。なにかがうまく行き始めると、かえって不安になるのだ。こんなにスムーズに物事が運ぶはずはない。

大高から野禽《やきん》を買う契約をしてから、彼は週に一度、レストラン・マレーに野禽を納品するようになった。ヒヨドリや野鳩で冷蔵庫はあっという間に満たされ、常にメニューにジビエ料理を載せられるようになった。

ヒヨドリや鳩は、それほど人気のあるメニューではないから、真鴨を頼むと言ったら、また次のときに、二十羽近い真鴨を持ってきた。味のいい小鴨まで混じっている。

ジビエを常にメニューに載せていると、常連がときどき注文してくれるようになり、それを目当てにしたお客も増え始める。

少しずつ、店の売り上げも増え始める。いいことばかりだ。

だが、レストランを三軒潰《つぶ》した今のぼくは、こう考えるのだ。

そんなになにもかも、うまく行くはずはない、と。


レストラン・マレーは京都の洛北《らくほく》にある。

山も近く、四条《しじょう》や三条《さんじょう》のように賑《にぎ》やかな場所ではないが、フレンチレストランや洒落《しゃれ》た雑貨店などが、あちこちにある。

なんとなく、品のいい空気が常に漂っているような気がするし、実際、マンションや一軒家には目が飛び出るような価格がついている。

建物はオーナーが所有している一軒家だが、たぶん、誰かに貸した方がずっと利益が上がるだろう。

ぼく自身は京都に縁もゆかりもない。生まれたのは札幌《さっぽろ》だが、子供の頃、父の転勤で、引っ越しを繰り返したせいで、あまり郷土愛も感じていない。どこかが自分の故郷だという実感もない。

ただ、フランスから帰ってきて、最初に任されたレストランが神戸だったため、なんとなく関西に居着いてしまったという感じだ。

だが、ジビエ料理を出すレストランをやるのには、なかなかいい環境だと思っている。京都北部や滋賀は自然が豊かで、鹿や猪もたくさんいる。早朝に家を出て、狩猟に行くこともできる。

大高は、オーナーの紹介で、京都市の北の外れにあるアパートを借りた。

この先冷え込みがきつくなるから、テントで暮らすのは難しい。

大高は、なるべく早くあの家を建て直して、元の生活に戻りたいらしいが、そう簡単なことではない。火災保険にも入っていなかったという。

土地は大高自身のものだから、ログハウスやコンテナハウスなどでも住むスペースが確保できればいいと言っていたが、それでも数百万はかかるだろう。猟に行く以外の日は、工事現場で働いたりしているようだ。

なんとなく、大高ならログハウスを自分で組み立てることぐらいはやりそうな気がするが。

澤山オーナーは大高のことがすぐに気に入ったらしい。

火事に遭ったという話を聞くと、親身になって、住むアパートを探してやっていた。もともとこのあたりの出身だから、顔も広い。

シビアなところのあるオーナーが、賃貸の保証人になったと聞いたときには驚いた。

「家賃も安いアパートだから、何ヶ月分か踏み倒されてもたいしたことないわよ」

オーナーはめんどくさそうにそう言った。

駅やバス停からも遠く、かなり古いので格安で貸してもらえたらしい。しかも一年半後には取り壊す予定らしく、アパートの入居者は来年卒業する大学生ばかりだという。

大高はオーナーのことをどう考えているのかわからない。膝《ひざ》まであるブーツと、レザーのミニスカートという格好の澤山オーナーを見ても、あまり驚いた様子も見せず、対応はぼくに対するものと変わらなかった。

もともと、納品にきてもあまり喋《しゃべ》らないし、獲《と》ってきた真鴨やヒヨドリについて話すばかりだ。ピリカに会うときだけ、目尻《めじり》を下げて優しい顔になる。

ただ、気になるのは、大高の家が火事になった原因だ。

警察には、漏電ではなく、放火の可能性が高いと言われたらしい。まわりに燃え移るような建物はなかったとはいえ、山のそばだけに山火事に至ったかもしれない。

大高は、誰かに恨まれているのだろうか。

確かに、孤立するような生活はしているが、駆除なども頼まれているらしいし、近所からつまはじきにされているとも思えない。

単なるいたずらにしては、悪質すぎる。

大高はどう考えているのか聞いてみたいと思ったが、火事の話をしてもはぐらかすような反応しか返ってこないし、あまり問い詰めるようなことをして、へそを曲げられても困る。

大高が獲ってくるジビエがなければ、輸入のものを使うか、また新たな入手先を探さなければならない。

少し店が忙しくなってきたこともあり、自分で獲りに行くような余裕はほとんどなくなってしまった。ピリカの散歩も近所を歩くのが精一杯だ。ピリカは不満そうだが、運が上向きになっているうちに、店を軌道に乗せたい。

黒字の日が少しずつ増えているし、もう少し売り上げが増えれば、アルバイトの従業員を雇うこともできる。

今が頑張り時だ。これまでの負の連鎖を引きちぎり、レストラン・マレーを成功させるのだ。

旧友が店にやってきたのは、そんな日々の最中《さなか》だった。

十二月に入ると、レストランは急に忙しくなる。

女性たちの忘年会、恋人たちのクリスマスディナー、五個限定で予約を受け付けたクリスマスケーキもすべて売り切れた。今月は、定休日返上で頑張らなくてはならない。

オーナーからは、「おせち料理とかもやってみれば?」と言われたが、さすがにそれは勘弁してもらった。

おせち料理となれば、細々《こまごま》したものを十品以上作らなくてはならないし、その原価計算も大変だ。おまけに年末になると、食材の値段が跳ね上がる。とても小さな店では採算が取れそうにない。

ちなみに、オーナーのインド料理レストランでは、インドおせちを販売するらしい。いったいなにをお重に入れるのか気になる。

その日は火曜日で、ランチの客がほとんど帰ったところだった。

ドアが開く音がして、ぼくは反射的に時計を見た。

一時五十分。あと、十分でラストオーダーだ。若葉の「いらっしゃいませ」という声が店内に響いた。

入ってきたのは、恰幅のいい三十代の男性だった。その顔を見て、おや、と思う。どこかで見た覚えがあるような気がする。

若葉がテーブル席に案内し、メニューを渡している。彼は丹念にそれを読んでいた。

ぼくはキッチンから顔を出して、男の顔を観察する。男性一人客、しかもランチタイムということは、同業者の可能性もある。

若葉が、冷蔵庫からペリエの瓶を出して、グラスと一緒にテーブルに持っていく。

キッチンに戻っても、その男性の顔が気になって仕方がない。

「シェフ、オーダーです」

差し出されたオーダーシートに目をやる。

ヒヨドリのムースに、小鴨のソテー サルミソース。ランチコースではなく、アラカルトからの注文だ。しかもオードブルもメインもジビエを選んでいる。ワインも飲まないようだし、ますます玄人っぽい。

もしかすると、雑誌かなにかで見た料理人かもしれない。

ぼくは思い出すのを諦《あきら》めて、調理にかかった。ムースは冷蔵庫に入れてあるものを切り分けて、ソースをかけるだけだから、手間はかからない。オードブルの皿を用意して、メイン料理の準備にかかる。

昨日、解体してあった小鴨のロースを、鴨の脂でソテーする。

肉を焼くことは、対話だ。

ソテーパンの素材、火加減、材料の温度、すべてを考慮しないと絶妙な焼き上がりにはならない。

掌《てのひら》をかざして感じるソテーパンの温度や、焼ける音、そして、目で見てわかる表面の温度やかすかな匂い、五感を使って、肉の様子を探る。少しでも焼きすぎてしまえば、もう取り返しがつかない。

ちょうど良さそうなところで、肉を火から下ろして休ませる。この休ませる時間や場所も調理のうちだ。

ソテーパンにのせたまま、コンロの上で休ませるのと、コンロから離れた作業台のトレイの上で休ませるのとは、火の通り方がまるで違う。

ソテーパンから下ろし、コンロの近くの暖かいところで休ませるのが定石だが、その通りやるだけがプロの技術ではない。夏などは、コンロやオーブン近くは高温になるから、離れた場所で休ませた方がいい場合もある。

ソースを作り終えて、小鴨にナイフを入れる。断面が美しい薔薇《ばら》色になっているのを確認して、小さくためいきをついた。

小鴨は、もう最後の一羽だから失敗すると作り直しができない。

キッチンからホールの様子をうかがう。オードブルは食べ終わっているようだから、メインを運んでも大丈夫だ。

若葉に小鴨の皿を渡して、もう一度男性客の顔をまじまじと見る。やはり見たことがあるような気がする。

若葉がテーブルに皿を運ぶと、彼はうれしそうな笑顔になった。その顔を見て、はっとした。

記憶の中の男と、男性客の顔が重なる。記憶の中の男は、男性客よりも二十キロは痩《や》せている。

ぼくは、シェフ帽を脱いで、ホールに出た。

「風野《かぜの》？」

「へ？」

フォークとナイフを手に顔を上げた男の目が丸くなる。

「潮田……？」

風野洋平《ようへい》とは、フランスの料理学校で一緒だった。

日本でも名前をよく知られている料理学校だから、同じクラスに七人くらい日本人がいた。ぼくはこれからの修業のことを考えて、なるべく日本人以外とコミュニケーションを取る努力をしてたし、反対に風野は日本人グループとばかり行動していたから、それほど仲がよかったわけではないが、学校ではときどき話をした。

どちらかというと、風野が、授業でわからなかったことをぼくに質問することが多かった。上級クラスには進まず、中級クラスを終えたところで帰国したはずだ。

「えっ、ここ、おまえの店なの？」

風野は、改めて店内を見回した。

「そうだ。半年前ぐらいからここを任されている」

「ペルドロはどうしたんだ？」

うっと、ことばに詰まる。ペルドロは、ぼくが神戸でやっていたレストランで、一年ももたずに潰れた。

「あそこはもう閉めたんだ」

潰れたと言いたくないのは、せめてもの見栄だ。

そこまで話して、風野がまだ小鴨に手をつけていないことに気づいた。

「ああ、ごめん。邪魔したな。ゆっくり食べてくれ」

そう言うと、風野は改めてカトラリーを手に取った。

「いや、びっくりしただけだ。おまえが忙しくないようだったら、話はしたい」

幸い、他の客はすべて帰った後だ。ぼくは若葉に合図すると、一度キッチンに戻った。

若葉もついてくる。

「シェフのお知り合いですか？」

「ああ、料理学校で一緒だった」

「へえ、じゃあ、あの人もフレンチのシェフですか？」

ぼくは首を傾げた。

「いやあ、どうだろう。上級クラスまでは進まなかったからなあ」

料理関係の仕事はしているかもしれないが、どの程度かはわからない。

幸い、まかないはもう準備してある。若葉に、鶏肉《とりにく》の赤ワイン煮とパンを渡すと、彼女はそれをトレイにのせて、奥の事務室へ行った。ぼくは、カフェオレだけを淹《い》れて、風野のテーブルに戻った。

まかないは後で食べることにする。

風野は、ペリエを飲みながら小鴨を口に運んでいる。ワインは好きだったはずだが、今日はこの後仕事でもあるのだろうか。

「いやあ、うまいよ。さすが潮田だな」

「ありがとう」

素直に礼を言って、彼の向かいに腰を下ろす。

「風野は今、なにをしているんだ？」

「俺も今、レストランをやっているんだ」

「へえ、なんて店？　今度行くよ」

「大阪なんだけど、カレイドスコープという名前で……」

「カレイドスコープ？」

店名を聞いて驚く。行ったことはないが、ネットのレビューでは何度も名前を見たレストランだった。しかも毎回、高い評価がつけられている。

予約がなかなか取れないという話も聞いたことがある。

「カレイドスコープで働いている……？」

「働いているというか、俺の店なんだ」

「つまり、オーナーシェフ……」

風野は大きく頷《うなず》いた。ぼくはぽかんと口を開けた。衝撃が大きすぎて、受け止めきれない。

ネットのレビューで高評価なだけではなく、雑誌などで評論家に褒められているのも何度も見た。

つまり、風野はシェフとして大成功を収めているということだ。

ぼくがレストランを何軒も潰して迷走している間に、一足飛びに手の届かないところまで到達している。

正直、風野のことを侮っていた自分が情けない。料理学校の成績がすべてではないということは、わかっていたはずなのに。

ぼくはぎこちない笑顔を浮かべて言った。

「すごいじゃないか。評判はよく聞くよ。いつか食べに行きたいと思っていたんだ」

嫉妬《しっと》と焦燥感はあるが、それを表に出さない程度の矜持《きょうじ》はある。

「まあ、たまたまうまくいっているけど、この商売は水物だからなあ」

風野は照れたように笑った。

うまくいってる自覚はあるようで、そのことがうらやましくて仕方がない。

彼の作る料理が客を喜ばせているのだ。東京の一等地にあるというならともかく、大阪では一見《いちげん》の客だけでは満席にならない。一度きた客が、満足して再訪するから、予約が取れない店になるのだ。

前より少しは売り上げが増えたと言っても、レストラン・マレーはまだ満席にはならない。当日の予約だって、余裕で取れてしまう。

なにが足りないのだろう。ためいきが出る。

「今日は、定休日？」

そう尋ねると、風野は身を乗り出した。

「ああ、うちの常連客が、ここで食べたヒヨドリがうまかったと言うから、ちょっと勉強させてもらおうと思ってね」

定休日でもこうやって食べ歩いて、研究を欠かさないのだろう。そういえば、パリにいたときから、あちこちのレストランを食べ歩いていた。

大阪から京都は近いと言っても、食事をするためにわざわざやってくるのには遠い。ましてやうちは、北の方だから、京都に着いてからも時間がかかる。

それでもわざわざやってくるというところに、彼が成功する理由があるのだろう。

「しかし、小鴨は珍しいなあ。うまかったよ」

お世辞かもしれないが、褒めてもらえてほっとする。

「たまたま手に入ってね。最後の一羽だよ」

「そりゃラッキーだった」

真鴨ならまだ手に入りやすいが、小鴨はレストランのメニューに上ることも少ない。

風野と自分の現状を比べると落ち込むが、満足できる仕上がりの料理を食べてもらったことはよかったと思う。

ふいに、風野が尋ねた。

「獣はやらないのか？」

「獣？」

「猪とか鹿とか……。いや、野禽が充実してるのに、獣はメニューにないなと思ってさ。京都なら手に入りやすいはずなのに」

「う一ん……」

答えに困る。なにかポリシーがあって、鹿や猪をメニューに載せないわけではない。

肉屋でも天然の猪ならすぐに手に入るし、鹿も探せばなんとかなるだろう。

だが、あまり気持ちがそそられないのだ。野禽なら、自分で捌《さば》くことができるが、猪や鹿はすでに肉になったものを買うことしかできない。

それではあまり気持ちが動かされない。

「いや、なんというか、自分で納得できる仕入れ先をまだ見つけていないというだけなんだけれど」

「野禽はどこから仕入れてるんだ？　そこは獣はやってないのか？」

「知り合いのハンターから直接仕入れているんだ。一匹狼だから、獣はなかなか……」

そう言うと、風野も納得したようだった。

「よかったら、うちの店が契約しているハンターを紹介しようか？　処理施設とのつながりもあるから、頼めば、好きな部位を好きな形で売ってくれるよ」

好きな部位を売ってもらえると聞いて、少し心が動いた。

「ありがとう。少し考えてみるよ」

「よかったら連絡くれ。俺も、ヒヨドリや小鴨があれば買いたいし、そのハンターを紹介してくれると助かる」

「ああ、聞いておくよ」

今までのペースで大高が鴨や小鳥を持ってきたら、冷凍庫がいっぱいになってしまう。他に買ってくれる店があれば、大高も助かるかもしれない。

大阪なら車で届けることもできる。

「ずいぶん、話し込んでしまったな。仕事中なのに悪かった」

そう言われて、ぼくは椅子から立ち上がった。

「そういえば、デザートとコーヒーは？　サービスするよ」

「おっ、じゃあ、パイナップルのソルベと、エスプレッソをダブルで頼む」

「ああ、ちょっと待っててくれ」

厨房《ちゅうぼう》に戻って、パイナップルのソルベを盛りつけて、彼のテーブルに運ぶ。エスプレッソと食後のプチフールも続けて運んだ。

「学校の同期生で、関西にいる奴らと、ときどき集まるんだ。次から、潮田にも声をかけるよ」

そう言われて、ぼくは曖昧《あいまい》に笑った。

その集まりの中でも、ぼくはたぶん劣等感に苛《さいな》まれることになるのだろう。

これまでも猪はときどき料理していたし、メニューにも載せていた。

だが、得意な食材というわけではない。手間をかけてパテ・ド・カンパーニュや、ラビオリにすることが多かったが、もっと素材を活《い》かす料理法があるような気がしていた。大高からもらった猪の肩ロースをタルトにしたが、同じものを買った猪で作ると、くどくなりすぎるような気がする。

だが、どこの部位でも手に入るとなると、いろんなイメージが湧いてくる。

耳や舌や頬肉を買って、フロマージュ・ド・テットなども作れるかもしれない。本来は、豚の頭で作る料理で、フロマージュという名前だが、チーズは使わない。

豚の耳や舌、頬肉などを野菜と一緒に長時間煮込み、その後型に流し込んで、冷蔵庫で冷やし固める。

豚の皮に含まれている天然のゼラチン質が煮汁の中に溶け出して、冷やすと煮こごり状になる。

それを猪で作ると、きっと豚よりも野趣のある味わいになる。驚きにあふれたひと皿になるのではないだろうか。

作ってみたい。想像しただけで、気持ちが沸き立つ。

だが、頭など売ってくれるのだろうか。

翌日、カレイドスコープに電話をかけた。

何度電話をかけても話し中の状態で、繋《つな》がるのには少し時間がかかった。たぶん予約の電話が絶え間なくかかってきているのだ。

ようやく電話が繋がり、風野に取り次いでもらう。

「昨日の猪の話だけど、顔の肉って買えるかな」

「顔？」

驚いた声が返ってくる。

「いや、フロマージュ・ド・テットを作ってみようかと思って」

「へえ、おもしろいことを考えるなあ。ちょっと聞いてみるよ」

一時間もしないうちに、風野からぼくの携帯に電話がかかってきた。

「聞いてみたんだけど、頭丸ごとなら廃棄するものだから買えるけど、そこでは頭は最初に落とすから、毛皮のついた頭丸ごとになるって言うんだよね」

「うーん……」

そうなることは少し予想していたが、決して広いわけではないうちの厨房で猪の頭を解体できるものだろうか。

毛皮のついた猪には、ダニなどもついているから、正直言うとあまり店には持ち込みたくない。

せっかく、料理のアイデアが浮かんだのに、うまくいかないものだ。

ぼくは、風野に礼を言って、電話を切った。


その日の夕方、大高が店にやってきた。

袋の中には、ヒヨドリと真鴨、そして小鴨が入っている。どれも羽がついたままだ。

野禽は羽をむしらずに熟成させる必要がある。

ヒヨドリも真鴨も、先週買ったものがまだ残っているが、この先猟期が終わったときのために少しずつ冷凍しておきたい。

野禽の数を数えて、代金をその場で払う。大高が領収書にサインしてるときに、尋ねてみた。

「ぼくの友達がやっているレストランが、ヒヨドリを買いたいって言ってるんだけど、どうかな」

大高は眉間《みけん》に皺《しわ》を寄せた。

「週にどのくらいだ」

「そこまでは聞いてないから、直接相談してもらわないと……」

そう言うと、あからさまに面倒くさそうな顔をされた。

「でも、うちの何倍も繁盛している店だから、たくさん買ってくれるかもしれないよ」

「ふうん……」

大高は鼻を鳴らした。まったく興味がないわけではないようだ。彼もなるべく早く金を貯めて、元の家に戻りたいはずだ。

ぼくが間に入ってもいいが、同業者だけにぼくに知られたくないこともあるだろう。ぼくならば、何羽ヒヨドリを仕入れて、何羽真鴨を仕入れているのか、他のレストランに知られたくない。

カレイドスコープの連絡先を渡すと、大高は素直に受け取った。

もうひとつ気になっていたことを聞く。

「アパートじゃなくて、元の家には帰ってる？」

「ああ、解体小屋にいたずらされても困るし、週一回くらいは戻っている」

焼けたのは母屋だけだから、プレハブ小屋はそのまま残っている。

大高は腹から息を吐いた。

「猟期だし、本当はくくり罠《わな》を仕掛けたいんだが、毎日見回れないと難しいな。少しでも獲らないと、また鹿や猪が増えるのに」

ストレスを与えると、肉は固くまずくなる。罠にかかって長時間放置した獣の肉は、売り物にならない。

「猟銃では撃たないのか？」

大高は、少し険しい顔になった。一瞬、彼が聞かれたくないと思っていることを聞いてしまったような気がした。

彼が獲ってくる野禽は、どれもエアライフルで仕留められている。だが、彼は散弾銃も持っているはずだ。最初に会った日、彼が下げていたのは散弾銃だった。

罠にかかった獣にとどめを刺すためのものだろうが、それを使った銃猟はやらないのだろうか。

「鹿や猪は、集団で追い立てて撃つのが普通だからな。ひとりで、しのび猟をするのは効率が悪い」

大高はあまり集団行動を好まないようだから、銃で狙うのは野禽ばかりなのかもしれない。

「それに……犬を危険な目に遭わせる。特に猪だ。猪と戦って命を落とす猟犬だっている」

そう言われてはっとする。ぼくだって、ピリカを危ない目に遭わせるようなことはしたくない。大高にとってのマタベーも同じなのだろう。

猟犬として飼っている人が犬を大事にしていないとは思わないが、家族として飼うのか、猟犬として飼うのか、どちらを優先するかで判断は変わる。

考え込んでいると、大高がじっとこちらを見ていた。

「なにか？」

「いや、そちらこそ、なにか言いたいことがあるんじゃないのか？」

口に出しかねていることを見抜かれて、少し驚いた。

他人にまったく興味がないのだと思っていたが、観察眼はある。ぼくは思い切って打ち明けた。

「実は、猪の頭を解体できないかと」

「猪の頭ぁ？」

大高は目を見開いた。

「頭なんかどうするんだ。飾るのか」

そういえば、鹿の頭を剝製《はくせい》にして飾っている人もいる。猪のはさすがに見たことはない。

「いや、そういう料理があるんだよ。フロマージュ・ド・テッドという。普通は豚で作るんだけど。舌や頰肉や耳や顔の肉を茹《ゆ》でて、ゼリー寄せみたいにするんだ」

「豚のゼラチンで固まるというわけか」

フレンチの知識はまったくないらしいが、大高の料理に関する理解は早い。普段から肉に密接に触れているからだろう。

「それで頭だけは、処理場から売ってもらえるんだけど、毛皮を剝《は》いだり、顔から肉を切り取ったりする作業が、店の厨房では難しいなと思ってね」

大高の解体小屋で、それをやってもらうことはできないだろうかと考えた。もちろん、その分の謝礼は払うつもりだ。

大高はしばらく考え込んだ。

「頭の毛皮を剝いだり、処理するくらいなら簡単だ」

「そうか。じゃあ」

頼めるだろうかと言いかけたことばを遮って、大高は言った。

「だが、俺は自分が仕留めた獣以外には、関わりたくない」

第五章　フロマージュ・ド・テット

Fromage de tête

昼休憩から帰ってきた若葉が、ぎょっとしたような顔になった。

「な、なんですか？　それ……」

まあ、そう言われるのも仕方がない。調理台の上には、豚の顔がどんと鎮座している。耳も鼻もそのままついていて、白い皮はつやつやしていて、なんだか可愛らしい。パーティグッズのかぶりものに、よく似たものがありそうだ。ユーモラスだ。

不思議な気がした。養豚場の写真や動画はメディアに出ることがあっても、食肉処理施設にスポットが当たることはない。ぼくたちは肉になった姿だけしか知らない。

そして、豚の顔を見て、ぼくは可愛らしいと思っている。ただ、死んだ豚を見て可愛らしいなどと思うことはないはずだ。

死体と肉の違いは、解体という作業だけなのに、人間の感情は勝手なものだ。

若葉は、近づいてきて、豚の顔をまじまじと見た。

「豚の顔。見たのは、はじめて？」

「いえ、沖縄の市場で見たことあります」

たしかに沖縄では、豚の顔を使った料理がいくつもある。中国でも、豚は捨てるところがないと言われていて、顔も市場で売っている。もちろん、フランスでも市場で豚の顔を買える。豚と古くからつきあってきた地域の食文化は、豚をあますところなく使う。

このあたりでは豚足も豚の顔も、ほとんど売り場に並ばない。特に関西は豚肉より牛肉の方がよく出回るのか、豚のレバーすら頼まないと買えない。

「これ、どうするんですか？　沖縄料理作るんですか？」

「フランス料理だよ。フロマージュ・ド・テットという料理だ」

「フロマージュということは、チーズを使うんですか？」

「いや、使わない。もともとフロマージュという単語には、型に入れるという意味があってね。そこからチーズを指すようになったんだが、フロマージュ・ド・テットは豚の頭のいろんな部位をゼリー寄せのように固めたテリーヌだ」

「へえ……」

猪の頭は今は手に入らないが、ひさしぶりに豚で作ってみようと思い、精肉業者に豚の顔や豚足を注文しておいた。豚足は好きな食材だからよく使うが、フロマージュ・ド・テットはまだこの店では出したことがない。

得意な料理だったが、以前の店で出しても、なかなか注文が入らなかった。食べた人はおいしいと言い、その後も頼んでくれるようになるから、出来が悪かったわけではない。だが、あまり知られていない料理名であることや、豚の頭という食材のイメージがあまりよくないこと、そのわりに手間がかかることなどいろんな条件が重なって、そのままあまり作らなくなってしまっていた。

今思えば、もっとおいしさをアピールすることもできたような気がするが、当時はまだ自分のやり方に疑問を持っていなかった。おいしいものを作っていれば、それだけで評価され、客が増えていくものだと信じていた。

世の中はそんなにシンプルなものではなかったのだ。

若葉は興味津々で、豚の顔をのぞき込んでいる。

「できたらまかないで味見してもらうよ。ワインにすごく合う」

そう聞くと、若葉の目が輝いた。

「ワインに合うなら、まかないで食べるより、お持ち帰りしたいです」

保存食だから、一度作れば数日間は持つ。オーナーもこういうものが好きだから、出せば喜んでもらえるだろう。

ふいに思った。自分はどこを見つめながら料理をしているのだろう。

お客に喜んでもらえるもの、オーナーが喜ぶものを提供したいし、過去にうまくいかなかった経験からも学びたい。もちろん、自分が作りたい料理もある。

だが、そのどれもがこんがらかって、わけがわからなくなっているのだ。

もつれたものが、ほどける日はくるのだろうか。

豚足、耳、頬肉、舌、セロリやハーブ、玉葱《たまねぎ》などを寸胴鍋《ずんどうなべ》に入れ、コトコトと煮る。使うのはあらかじめ、豚のすね肉で取ったスープストックだ。だが、スープや煮込みのようにスープストックをたくさん入れてはいけない。いろんな部位から出たゼラチン質で固めるのだから、水分が多すぎると失敗の原因になる。

あくまでも水分は少なめに、だが、時間をかけて煮なければならない。そして忘れてはならないのが白ワインだ。

肉がほろほろになるまで、煮なければならないから時間がかかる。

煮ていると豚の匂いがキッチンに広がる。あきらかに豚肉の煮込みを作っているときとは違う匂いだ。

脂とゼラチン質の甘い匂いに、豚特有の匂いがくるまれている気がする。皮の部分は肉よりも個性が強いのに、それが不快にならない。

猪肉で作れば、もっと匂いは強くなるはずだ。夏の猪ならば脂肪は少ないから、なにかで脂肪分を足した方がいいし、反対に冬の猪ならば、脂肪は多くなる。

それとも、頭や足などは、あまり脂肪をため込まないのだろうか。わからないことだらけだ。

気が付けば、猪の頭のことを考えている。

大高には拒まれたし、実際に作ることができても、店に出せるかどうかはまた別の問題だ。

だが、作りたいという気持ちは変わらない。

なにか、他の解決策を見つけることはできるだろうか。

ナビゲーションは細い道を行くようにと指示を出した。

向こうから車がきたら、すれ違うことはできない。古い家と小さな川の間の道を、ぼくの車はそろそろと進んだ。

到着したのは、今にも崩れ落ちそうな木造建築の一軒家だった。アパートだと聞いていたから、ナビが間違えたのか、ぼくが住所を聞き間違えたのか。引き返そうとしたとき、犬の吠《ほ》える声がした。

見れば、生け垣の間から日本犬が顔をのぞかせている。マタベーだ。

ぼくは車から降りて、門に近づいた。門に「西緑荘《にしりょくそう》」と書かれているから、ここが大高の住むアパートなのだろう。

門をくぐると、使い込まれた自転車が三台並んでいる。

マタベーがこちらを見ている。前の家と同じように、リードとワイヤーをつなげて、庭を自由に動き回れるようにしているようだが、リードの長さが足りなくて、ぼくのところまではこられないようだ。

引き戸を開けて、学生のような若い男性が飛び出してくる。

彼はぼくに軽く会釈をしてから、マタベーに近づいた。がしがしと頭を撫《な》でた後に門から出て行く。

マタベーは住人たちからも可愛がられているようだ。

インターフォンのようなものは、なにもない。ぼくはおそるおそる引き戸を開けた。

フリースのブルゾンを着た眼鏡の青年が、いちばん近くの部屋から顔を出した。

「なにか？」

「えーと、大高さん、ここに住んでますよね」

彼は、後ろを振り返って言った。

「大高のおっさん、もう帰ってた？」

部屋の奥で誰かと会話してから、彼は上を指さした。

「今いると思います。二階の奥の部屋です」

ぼくはぎしぎしと鳴る階段を上って、二階に上がった。トイレらしきドアがひとつと、他にドアが三つある。奥のドアに向かうと、普通なら表札がある場所に紙が貼られていて、「大高」と書いてあった。

アパートというよりも限りなくシェアハウスに近い。一応、部屋に鍵《かぎ》はかかるようだ。

ノックをすると、「はいよ」と投げやりな返事がした。

鍵が開いて、大高が顔を出した。

「なんだ、おまえか」

「夕食はもう済んだのか？」

唐突な質問だったのだろう。大高は妙な顔になった。

「まだだが……そろそろなにか作ろうかとは思っているが」

六畳くらいの部屋にごく小さなシンクと、カセットガスのコンロが一台あるだけの台所がついている。ここではあまり大したものは作れないだろう。

「そこで料理を？」

「まあ、湯を沸かすくらいならここでやるが、一階に台所はある。学生たちがたむろしていて騒がしいが、ここよりはマシだ」

先ほど、眼鏡の青年が顔を出した部屋がそうかもしれない。あそこだけドアではなく、ガラスの引き戸になっていたから、共同の台所なのかもしれない。

「で、なにか用か？」

ぼくはワインの瓶を見せた。

「少し飲まないか？　レストランの残り物も持ってきた」

彼は不審そうな顔になったが、それでもぼくを招き入れた。彼がおいしいものに弱いことはすでに知っている。

大高が折りたたみ式のちゃぶ台を出したので、そこに持ってきたドギーバッグを並べる。調理ができるかどうかはわからなかったから、念のため冷たいままでもおいしいものばかりにしたが、温かいものも持ってくればよかった。

ラタトゥイユやサラダ、砂肝のコンフィや豚のリエット、それからフロマージュ・ド・テットを並べる。バゲットも切る。

「マタベーは外飼い？」

「夜は中に入れる。そろそろ入れようかと思ったが、飯を食い終わるまではちょっと無理だな」

ちゃぶ台は低いから、犬に見せびらかすような形になってしまう。

「このあたりは寒いだろう」

電気ストーブはあるが、今着ているコートを脱ぐのも躊躇《ちゅうちょ》する寒さだ。

「前の家と変わらない。それにあいつは寒さに強いから」

大高を心配して言ったのだが、どうやら彼はマタベーの話だと思ったらしい。

たしかにマタベーの毛並みは分厚く、みっしりと生えている。北海道犬が京都の寒さごときにへこたれることはないのかもしれない。

紙コップに赤ワインを注いで、大高に渡す。栓をすると、彼は不思議そうな顔になった。

「飲まないのか？」

「車できているんだ」

「まあ、そうだろうな」

公共交通機関でくるのは不便な場所だ。だからこそ格安なのだろうが。

幸い、大高は一緒にいる人が酒を飲もうが、水を飲もうが気にならないタイプのようだ。ぼくが持ってきた炭酸水を開けても、なにも言わなかった。

フロマージュ・ド・テットをつまんだ大高が、首を傾げた。

「これは……？」

「前に話したフロマージュ・ド・テットという料理だよ。豚の舌や、豚足や頬肉を煮て、ゼリー寄せのようにしている」

「つまり煮こごりだな」

それで間違いない。

彼は、もう一度フロマージュ・ド・テットにフォークを伸ばした。続けて食べるということは、少しはおいしいと思ってくれたのだろうか。

「悪くないな」

少しずつ食べながら、ワインを飲む。

「こんなボロアパートで食う料理じゃないな」

「そんな高級品は持ってきてないよ。フロマージュ・ド・テットだって、普通なら捨てられてしまう部位を使っている」

もちろん、フランスでも超高級品というわけではない。

「でも手間がかかっている」

「まあね。一応、レストランで出すものだから、手をかけないと」

大高はワインを手酌で注ぎながら言った。

「フランス料理だと『安いものを使ってるのに、高い金を取る』とは言われないのか？」

ぼくは何度かまばたきをした。大高がなにを言いたいのかがすぐにはわからなかった。

嫌味のようにも聞こえるが、少し違う気がした。

「それは……どういう意味で？」

「猟師をやってるとしょっちゅう言われるからさ」

彼は膝をついて視線を窓の方に向けた。

「ただで撃ってきたものなのに、金を取るのかってね。ただ、罠に使う材料も、とどめを刺すライフルの弾もただじゃない。猟銃を買うのにも、狩猟免許を取るのにも、金がかかる」

「ハンターだって生きていかなければならないのにね」

「ああ」

確かにフレンチレストランで、そういうことを言う人はあまりいない。

同じようにジビエを扱っていても、フランス料理として出せば、手がかかっていて値段も高いものだと思ってもらえる。

修業するのにもお金はかかるし、店の内装や食器などには気を遣っている。だが、それより雰囲気のいい場所で、おいしい料理を食べてワインを飲むという悦《よろこ》びそのものに、価値を見出《みいだ》す人がフレンチの客には多いのかもしれない。

もちろん、高いからおいしい、高いから接待に使うという客もいないわけではないが。

「これは確かにうまいな。こんな料理法があるなんて知らなかった」

「フランスでは古くから作られてるらしいよ」

「豚を飼って育てていたなら、そりゃあ足も舌も耳もなにもかもうまく食べたいだろうしな」

流通も保存も現在のように発達していない。育てて解体した豚は、貴重なタンパク質として、大事に食べられたはずだ。だから、こういう料理が生まれたのだろう。

ちゃぶ台の上から、肉類がなくなると、大高は部屋を出て行った。

トイレに行ったのかと思ったが、マタベーを連れて帰ってきた。マタベーはとことこと部屋に入って、ちゃぶ台の匂いをくんくんと嗅《か》ぐ。どうやら、先ほどまで肉があったことがわかるらしい。

大高は、ドライのドッグフードを皿に入れた。

「ほら、マタベー」

マタベーはドライフードの匂いを嗅ぐと、ゆっくりと食べ始めた。

「ドライフードも食べるんだね」

前の家では、猪のローストなどをもらっていたから、ドライフードなど食べないのかと思っていた。

「手に入りやすいものをやるだけだ。前の飼い主はドライフードをやってたらしいし、こいつは気にせず食べる」

「前の飼い主はどうしてマタベーを手放したんだ？」

そう尋ねると、大高は渋い顔になった。話したくないのなら、無理に聞き出すつもりはない。

「また今度、マタベーにやれるようなものを持ってくるよ」

そう言ったのに、大高は答えなかった。

しばらくしてから、彼は口を開く。

「くくり罠にかかっていた」

「えっ？」

「マタベーはくくり罠にかかっていた。俺が仕掛けた罠じゃない。猟期はもう終わったのに、放置されたままになっている罠だった。罠には所有者の名前をつけなくてはならないのに、それもついていなかった」

罠を仕掛けたら毎日見回らなければならない。たとえ、かかったのが犬ではなく、もともとの獲物だった鹿や猪でも、無駄に放置すれば獲物を苦しめることになる。

「ガリガリに痩せていて、暴れたのか足にもひどい傷があった。連れて帰って手当てして、飼い主を探した。あの山に出入りしていたハンターだったから、すぐに見つかった。だが、ハンターは引き取りを拒否した。もう猟犬として使い物にならないように見えたんだろう」

大高は小さく息を吐いた。

「もう犬は飼わないつもりだったが、そんな人間のところにマタベーを置いてきたくはない。連れて帰ってきた」

それで、罠猟をしている大高が、犬を連れている理由がわかった。

「今は毛づやもいいし、元気そうなのに、そんなことが……」

「それでももう猟犬として猪と戦えるかどうかはわからない。歩くのには支障はないが、あまり走れない」

胸が塞《ふさ》ぐ。人の都合で働かされ、人が仕掛けた罠で怪我をしたからといって見捨てられる。

大高はそんな人間の身勝手をたくさん目にしてきて、だから、他人との関わりを避けているのかもしれない。

マタベーは満足そうな顔で、電気ストーブの前に陣取っている。毛皮は分厚いが、それでも寒くないわけではないらしい。耳だけこちらを向いているから、自分の話をしていることに気づいているのだろう。ピリカもときどき、聞いてないふりをして、耳だけこちらに向けていることがある。

ふいに気づいた。

大高が、「自分が仕留めた獣以外には、関わりたくない」と言ったのは、マタベーのことがあるからだろうか。

どんな人間がどんなやり方で撃った獣かわからない。その陰には、犠牲になった猟犬がいるかもしれないし、獲物の獣も無駄に苦しめているかもしれない。

残ったバゲットにバターを塗りながら、大高は言った。

「ピリカも猟犬にするのか？」

「そのつもりだったけど、なかなか難しいね」

ピリカはいまだに山に行ってもはしゃいでばかりだ。

「ポインターなら怪我させることも少ないだろうし、いいんじゃないか」

ポインターは、その名の通り、ポイント——つまり獲物の場所を知らせることが得意だ。野にいる雉《きじ》や野鴨などを見つけると、低い姿勢を取ったり、前足をあげたりして、飼い主に知らせる。

人間は、犬の鋭い聴覚と嗅覚《きゅうかく》を借りて、効率的に猟をすることができる。

猪猟に使う和犬と違い、獲物と直接格闘するようなことはない。

「猟期じゃなくても、なるべく一緒に山を歩くといい。匂いを嗅ぎ、音を聞けば、そこに鳥や獣がいることも覚える。そこから、獲物のいる場所を発見することをゲームにすればいいんだ。それなら、猟期じゃなくてもできる。獲物を見つけたら、褒めてやる。あとは猟期なら、すでに撃った鳥を隠して、探させてもいい。ゲームにしてしまえば、あとは楽しいことだから、自然にうまくなっていく」

たしかにピリカは人と遊ぶことが大好きだ。そのやり方ならば、ピリカも少しずつ猟犬として成長できるかもしれない。

ワインが回ってきたのか、大高はうとうとしはじめた。ぼくは空になったドギーバッグを片付けて持ってきた袋に入れた。

後片付けが済むと、ぼくは大高を揺り起こした。

「帰るよ。寝るならちゃんと布団で寝た方がいい」

「ああ……」

寝ぼけ声で立ち上がると、彼は押し入れから寝袋を引っ張り出した。どうやら布団ではなく寝袋で寝ているらしい。ごそごそと寝袋にもぐり込むと、寝息を立て始める。マタベーが、彼の横に寄り添った。

「ストーブ消すよ」

「んー」

どうやら本格的に寝に入ったらしい。ぼくはストーブを消すと、荷物を持って立ち上がった。

鍵をかけなくてもいいのかと思ったが、マタベーがいるから大丈夫だろう。猟犬としてはもう働けなくても、番犬としては優秀そうだ。

ぼくはマタベーの背中をがしがしと撫でた。

「頼むぞ。マタベー」

マタベーはひどく迷惑そうな顔をした。


風野から電話がかかってきたのは、その数日後の休憩時間のことだった。

「潮田。大高さんを紹介してくれてありがとう」

どうやら、大高が自分から連絡を取ったらしい。

「今日、ヒヨドリを納品してもらったんだが、いい腕だなあ。エアライフルだよな」

「ああ、そうなんだ」

大高が持ってくるヒヨドリは、ほとんど頭を撃ち抜かれている。散弾銃のように小さな弾が肉の中にいくつも入り込んでいるということはない。

カレイドスコープは人気のレストランだから、うちよりも扱う数は多いだろう。大高も助かるはずだ。

「無愛想だけど、悪い人じゃないから……」

「まあ、そうだろうね」

風野が苦笑したところを見ると、いつもの様子で風野とも接したのだろう。別にサービス業ではないから、笑顔が必要とされているわけではない。

「それはそうと、猪の頭の件はどうなった？」

返事に困る。あれから進展はない。店で出したフロマージュ・ド・テットがなかなか好評で、定番になることが決まったことくらいだ。

「解体できるような場所がなかなか見つからなくてね」

「じゃあ、あのアイデア、うちの店で使わせてもらってもいいかな」

猪のフロマージュ・ド・テットをカレイドスコープで出すというのだろうか。

ぼくが思いついたからといって、前例がないとは限らない。それに細かいレシピはともかく、アイデアのインスピレーションを他の料理人からもらうことは、ぼくだってある。

たとえ、勝手にメニューに加えられても、ぼくには抗議する権利などないのに、わざわざ許可を取ろうとしてくれているのは、むしろフェアとも言える。

いやだと言うのは、あまりにも狭量だ。

ぼくはわざとらしいほど明るい声を出した。

「もちろんだよ。フロマージュ・ド・テットはぼくの考えた料理というわけではないし」

「なんかアイデアを借りてしまったようで申し訳ないな」

「猪の頭を解体してくれるところが見つかったのか？」

「うちの厨房の一部を使ってやろうと思って……」

ぼくはがっくりとうなだれた。どこか解体をしてくれるところがあれば、そこにぼくも頼もうかと思ったが、風野が店の厨房でやるなら、頼むことはできない。

うちの厨房も食肉処理の許可は取っているが、広さを考えると、適切に扱えるのは、鴨くらいまでだ。猪の頭となると、処理に困る。

電話を切って考え込む。

風野が、猪のフロマージュ・ド・テットを作ることはかまわない。だが、うちの店で出せないことだけはいやだった。

この先、処理してもらえるところが見つかって、店で出すことができるようになっても、カレイドスコープの真似をしたと思われるのは、腹立たしい。

ぼくは頭を抱えた。いったいどうすればいいのだろう。

翌日は、大高が納品にくる日だった。

ちょうどランチタイムの慌ただしさが落ち着いた頃に、彼はクーラーボックスを抱えて現れる。

ヒヨドリ十数羽と、真鴨を七羽。今日は小鴨は獲れなかったらしい。最近、ヒヨドリの注文が増えたから、安定して手に入れられるのはありがたい。

受け取って、熟成させるための冷蔵庫に入れる。大高がなぜか妙な顔をした。

「なにかあったのか？」

「なにかって？」

「いや、珍しく機嫌が悪いから」

そう言われて、ぼくは自分の頬を撫でた。そんなあからさまにわかるほど、不機嫌な顔をしていたなら、サービス業失格だ。

あまり意識したことはないが、たしかにこれまではヒヨドリが手に入るのがうれしくて、うきうきしていたような気がする。

ぼくは話をそらした。

「そういえば、カレイドスコープへも納品することになったんだね。風野から連絡をもらった。ありがとう」

「おまえに礼を言われるようなことじゃないだろう。金がほしいからやる。それだけだ」

だったら、金のために猪の頭の解体もやってもらえないものだろうか。そう思うと、小さなためいきが出た。

大高は妙な顔になった。

「なんだ。猪の頭のことか」

いきなり言い当てられて、ぎょっとする。マイペースなくせに、妙に勘がいい。

「カレイドスコープが、猪のフロマージュ・ド・テットを作ってみるらしい」

「解体は？」

「店でやるらしい」

なんとなく、ぼくの表情から圧力のようなものを感じたのだろう。大高は先回りするように言った。

「うちではやらないぞ。そもそもレストランで出すものだから、ちゃんとした処理施設で解体しないといけないだろう」

「頭だけでも駄目なのか？」

「当たり前だ。精肉にするまでの処理は、許可を取った処理施設でやることに決まっている」

言われてみれば、たしかにそうだ。どちらにせよ、大高のプレハブ小屋では無理だったのか。

そこまで考えて気づいた。

大高のプレハブ小屋には、肉をぶら下げる設備もあるし、大型の冷蔵庫もある。シンクもある。湯を沸かして、消毒することもできる。彼の解体小屋なら、充分処理施設として、許可がもらえるのではないだろうか。

いや、もちろん、大高がそれに同意してくれればの話だが。

ぼくは、大高の方を向いた。大高は慌てたように、クーラーボックスを持ち上げた。

「じゃあまた、金曜日に……」

逃がすものか。ぼくは早口で言った。

「なあ、大高さんのあのプレハブ小屋、食肉処理施設として、保健所の許可取れないか？」

大高はじろりとぼくを睨《にら》んだ。

「なんのために。俺になんのメリットがある」

「仕事としてだよ。早く家を建て直すために金が必要なんだろう」

それに、あそこを食肉処理施設として使用できれば、家を建て直してから、罠猟で捕らえた猪や鹿を売ることだってできる。

彼にとっても悪い話ではないはずだ。

大高は険しい顔で首を横に振った。

「前にも言っただろう。俺はこれ以上、自分の人生を複雑にしたくない。これ以上ややこしいことになるのはごめんだ」

やはり断られた。まあ、そうだろうなとは少し思っていた。

「わかったよ。じゃあ他を当たるよ」

そう言ったとき、奥から澤山オーナーの声がした。

「おもしろそうな話じゃない」

いつから聞いていたのだろう。事務所のドアにもたれながら、腕を組んでいる。笑顔なのがむしろ恐ろしい。

「大高くんが人生を複雑にしたくないというのはわかったわ。わたしも面倒なのは嫌いだから、気持ちはわかる」

三人と同時進行でつきあっておいて、なにを言うか、と思ったが、さすがにそうつっこむ勇気はない。つっこんでも、やり返されるだけに決まっているし。

「じゃあ、わたしが、そのややこしいところを負担するというのはどう？」

「よけいにややこしくなるような予感しかしないが……」

「そんなことないわよ。わたしが好きなのは、ふたつだけだもの」

「ふたつ？」

「おいしいものとお金。そのためには面倒なことも我慢するし、リターンを得るための出資も躊躇しないだけ」

彼女は、大高に顔を近づけて微笑んだ。

「大高くん、わたしにまかせてちょうだい」

第六章　猪のパテ

Pâté de sanglier

ひさしぶりに訪ねた大高の家は、解体小屋だけを残して更地になっていた。最後にきたときは、焼け残りが積み上がっていたが、いつの間にか片付けたらしい。

助手席から降りた澤山オーナーは、腰に手を当てて、あたりを見回した。

「へえ、いいところじゃない」

今日の澤山オーナーは、フェイクファーのコートを着て、エナメルのロングブーツを履いている。コートはシマウマの毛皮と同じ模様だ。この近くに住む人が目撃したら、ぎょっとするだろう。

解体小屋の引き戸が開いて、大高が出てきた。足下にはマタベーもいる。一緒に連れてきたらしい。

「あらー、かわいい！」

澤山オーナーはマタベーを見て、高い声を上げた。そういえば、オーナーがマタベーに会うのははじめてだ。

マタベーはあからさまに嫌な顔をして、じりじりと後ずさった。

ピリカは澤山オーナーが大好きだが、マタベーはピリカのように愛想がよくない。

「柴……にしてはちょっと大きいわね。甲斐犬？」

「北海道犬」

大高はそっけなく言って、引き戸を大きく開けた。中に入れということだろう。

解体小屋をどうしても見たいと言い出したのはオーナーだ。大高も渋々了承した。どうもふたりにまかせておくのは不安な気がして、ぼくもランチ営業を休みにして、一緒にきた。

室内とは思えないほど、小屋の中は寒かった。日が当たるぶんだけ、外の方があたたかいくらいだ。石油ストーブがひとつあるが、今は使っていないようだ。

オーナーは、少し驚いた様子で室内を見回した。

「驚いた。設備も揃ってるし、清潔にしているじゃない」

確かにプレハブそのものは古いが、シンクも鍋もぴかぴかだ。

「上下水道は？　通ってる？」

「一応な。このあたりも二十年前には、何軒か家もあったし」

今は集落がある場所からは、少し離れている。それだけ人が減ったのだろう。

小屋の中をあちこち見回った後に、オーナーは言った。

「冷却するための冷蔵庫もあるし、肉をつり下げることもできる。コンロもあるからお湯も沸かせる。改装が必要ならば、その資金を出そうと思ったけれど、このままで充分、営業許可が下りるわよ。どうして申請しないの？」

「ここで処理した肉を売るわけじゃないから、必要ない」

「でも、売ることができた方がいいでしょう。必要がないときも、選択肢はあって困るわけじゃないんだから……」

大高は眉間に皺を寄せた。

「そうか？　俺はそう思わない。選択肢が人を面倒なことに巻き込むこともある」

「どういうこと？」

「車の運転ができなければ、誰かを乗せていけと言われることもないだろう。運転免許を取ったばかりに面倒なことを頼まれることもある。必要ないものなら、ない方がいい」

オーナーは妙な顔になった。

「大高くん、車の運転できるでしょ」

「必要だから持ってるんだ」

車の免許は必要だが、解体処理施設としての許可は必要ないということだろう。

はじめて会ってから、大高は何度も「人生を複雑にしたくない」と言った。つまりはこれも同じ意味だろう。

オーナーはしばらく考え込んでから言った。

「わからないわ」

「別にわかってもらおうとは思わない」

ぼくは、ドアにもたれながら、ふたりの会話を聞いていた。

いつの間にか、マタベーがぼくの足下にきていた。ちょっと笑ってるような顔でぼくを見上げる。

オーナーは話を続けた。

「書類とかはすべて用意するし、なにもややこしいことにはならないと思うけど、それでも嫌なの？」

大高はそれには答えなかった。

「お金が必要なんでしょ？　ここに戻ってくるんでしょ」

「どうせ、二月半ばで猟期も終わる。あと二ヶ月だ。その後は、しばらく稼げる仕事につくさ」

ふいに思った。来年の冬にはもう、大高は鴨やヒヨドリを持ってこないかもしれない。駆除のために猟をして、その肉を自分で食べるという、これまでの生活に戻りたいのかもしれない。

猪のフロマージュ・ド・テットを作って、店で出してみたいという気持ちはあるが、無理強いをすることはできない。

そろそろ、オーナーを止めようと、ぼくは口を開いた。

「オーナー……」

ぼくの呼びかけから、なにかを察したのか。オーナーは肩をすくめた。

「わかったわ。書類は用意しておくから、気が向いたらいつでも声をかけて」

大高は口を引き結んだまま、視線をそらした。


帰り道、助手席でオーナーがつぶやいた。

「まあ、工事がいらないとわかっただけでも収穫はあったわね」

ぼくは驚いて、助手席を見た。オーナーは、ぼくの頬を掌で押して、前を向かせた。

「ハンドルを握ってるときは、よそ見しないで。安全運転してよ」

「してますよ」

運転について、オーナーには言われたくない。何度かオーナーの車に乗ったことがあるが、ぼくの方が百倍安全運転だ。

「大高はあまり気が進まないみたいですけれど」

「気が進まないったって、彼に不利益のあることじゃないもの。なにか突破口はあるはずよ。気持ちが弱っているときを狙って、また話をしてみるとか。なにか弱点を見つけるとか」

恐ろしいことを言う。

「あまり無理強いみたいなことはしたくないです」

「わかってるわよ。だから、今日も、解体小屋を見せてもらうだけにしたんじゃない」

だが、オーナーは諦めていない。

「大高くんは、どうしてあんなに頑固なのかしら。亮くん、知ってる？」

ぼくは首を横に振った。

怠け者というわけではなく、むしろ真面目で勤勉だと思う。約束の時間は守るし、今は離れた場所に住んでいるのに、あの解体部屋はきれいに手入れされていた。

オーナーはきゅうくつそうに足を組み替えた。

「わたしも面倒なことは嫌いだけど、選択肢が増えることが、人生を面倒にすることだとは思わない。そうね……、たとえば三十年前や四十年前だったら、どんなに生きづらかったかと思うもの」

オーナーのような人ならそうだろう。

別に資産家の娘として生まれたわけではなく、十代後半から大阪でホステスとして働き、お金を貯めて起業したと、前に聞いた。そんな女性は昔だっていただろうけど、数はずっと少なかったはずだ。

結婚するのが当たり前で、結婚すれば仕事をやめるのが当たり前。昔の女性たちはそんな社会で生きてきたし、今もその抑圧が完全になくなったとは言えない。結婚して仕事をやめることは当たり前ではなくなったけれど、子供を育てながら働くことにはまだ障害がある。

しかも、今のオーナーのように男女関係なく複数の恋人がいるということは、それだけでスキャンダルになったはずだ。

「海外に行くかどうかわからなくても、行ける自由はあった方がいい。お金だって、今使わなくても必要になるかもしれないから、あった方がいい。選択肢が増えることは自由になることよ。それを彼がどうして、あんなに否定するのかわからない」

大高にとっては、それは自由ではなく、別の意味を持つことなのだ。

そこを理解できれば、なにか突破口があるはずだ。

とはいうものの、大高の気持ちが変わるのを待つだけではなく、他の突破口も探さなくてはならない。

これは、大高の問題ではなく、ぼくの問題だ。

怒濤《どとう》のようなクリスマスが終わった。

予約が殺到するわけではなかったが、当日の予約や、飛び込みなどもあり、ほぼ毎日、満席で繁忙期を切り抜けることができた。

当日予約や飛び込みでやってきた客は、うちが第一目的ではなく、目当てのレストランが満席で、うちを選んだのだと思うが、それでもそういう客をリピーターにしていかなくては、レストランは続けられない。

何人かのお客さんからは、「おいしかった。またくるよ」と言ってもらえたし、これまでにはない手応《てごた》えも感じた。

一月の予約も、少しずつ入り始めている。

なのに、気持ちが塞いでいるのは、なにげなく買ったグルメ雑誌に、カレイドスコープと風野が紹介されていたからだ。

『本当においしい店』という特集で、関西中心ではなく、全国のフレンチの中から選ばれていた。

料理だけで四ページ使われていたほどの大きな扱いで、胸のざわつきが収まらない。

プロの手で撮影された料理は、フォトジェニックでいかにもおいしそうだった。エゾシカのロティは、切り口が薔薇色だし、デセールのタルト・オ・フリュイも絵のように美しかった。

わかっている。カレイドスコープは人気店だし、ネットなどの口コミ評価も高い。この扱いは妥当なものだし、風野は努力を積み重ねて今の評価を得ている。

なのに、料理学校ではあんなに劣等生だったのに、などと考えてしまうことをやめられない。

むしろ友達の成功を素直に喜んだ方が、気持ちが穏やかなはずなのに、そうできない自分に腹が立つ。

正月休みにどこかに旅行でも行って、気晴らしをしようかと思ったが、そうなるとピリカをどこかに預けなくてはいけない。年末年始のペットホテルはすでにいっぱいだ。どうせならば、家でもんもんとしているよりは、店を開けた方が気分が変わるかもしれないが、オーナーからのお達しで、年末年始は一週間の休みを取るように言われている。

たしかに店を開けると、若葉も出勤してもらわなくてはならない。休みたくないというのも、わがままなのだろう。

とはいえ、今から正月をひとりで過ごすことを考えると気が重くなる。

その日は、年内最後の営業日だった。

最後に仕入れた野菜や肉も下ごしらえをすませた。長期休みに入るから、明日の準備も必要ない。ひと息ついたときに、通用口のドアが開く音がした。

休憩に出た若葉が、早めに帰ってきたのだろう。そう思って、気にせずに、厨房でエスプレッソを飲んでいると、いきなり話しかけられた。

「休憩中か」

振り返ると、分厚いダウンジャケットを着た大高がそこに立っていた。今日は納品の予定はないはずだ。

「ああ、もう夜の準備も終わったし……」

大高は、クーラーボックスからスーパーのレジ袋に入ったなにかを取り出した。どっしりと重そうだ。

調理台におかれた袋を、ぼくはわけもわからず見下ろした。

「子猪が獲れたので、舌と頬肉と足を持ってきた。言っておくが、俺が捌いたから店では出せないぞ」

「えっ……？」

驚いて大高を見ると、彼はさっと視線をそらした。

「俺は料理の仕方を知らないから、捨てるよりはと持ってきたが、必要ないなら持って帰る」

「いや、いる。いるよ。ありがとう。とてもうれしい」

持って帰られては困る。ぼくは早口でそう言った。店には出せなくても、試作をすることはできる。

「肩ロースも念のため持ってきたが、いるか？」

「肩ロースはおいしいところだろう。近所の人にあげても喜ばれるんじゃないか？」

大高は肩をすくめた。

「まあな。でも、また罠をかけるから、きっとまだ獲れる」

毎日見回るのが大変だから、罠をかけないと言っていたが、解決法が見つかったのだろうか。

「年末年始は土木作業の仕事もないから、しばらく家に帰る。どうやら、猪と鹿が麓《ふもと》まで下りてきているらしくて、駆除してほしいと言われたからな」

「家に帰るって……あの解体小屋のプレハブに？」

断熱効果もほとんどないように思えた。あそこで年末年始を過ごすのだろうか。

「コンロもあるし、水も出る。特に問題はない。アパートを借りたのは、銃の保管が、あの小屋では心配だったからだ。年末年始の間は、銃は買った店に預けておく」

「と、トイレとかは……？」

おそるおそる尋ねると、大高は平然と答えた。

「土でも掘れば充分だ」

そして、風呂には車に乗って入りに行くのだろう。

ときどき、大高が自由なことがうらやましくなる。だが、その自由は、便利さや快適さを手放す勇気と引き替えに、手に入れたものだ。

正直、あのプレハブ小屋で生活するのは、ぼくには難しい。寒さにも、土を掘っただけのトイレにも耐えられそうにない。

大高はクーラーボックスを持ち上げた。

「じゃあ、また来年な」

「ああ、ありがとう」

どうやら、来年もヒヨドリや鴨は持ってきてくれるようだ。もちろん、猟期の間だけだろうが。

猟期は二月で終わるし、その後もしばらく冷凍したものでしのげるが、この先、どんな料理を作っていくかも考えなくてはならない。

出て行く間際に、大高が言った。

「都会人、風邪引くなよ」

北海道生まれを舐《な》めるな、と言いかけたが、札幌にいたのは幼稚園くらいまでだから、ほとんど記憶も残っていない。

三十歳を越えてから、寒さには弱くなる一方だ。

うまい返答を探しているうちに、大高は通用口から出て行った。


さすがに大晦日《おおみそか》の夕方となると、高速道路も空《す》いている。帰省する人も、旅立つ人も目的地に到着した頃だろう。

夜になれば、また初詣《はつもうで》に向かう人で賑わうのかもしれない。

今となっては、わざわざ人混みの中に出かけたいと思わないが、高校生くらいのときは、友達と連れだって、近所の神社に初詣に行った。

あの頃は、堂々と深夜に出かけられることがうれしかった。普段の夜とは違う、大晦日だけの冒険。

そういえば、最近は夜、飲みに行くこともめったにない。夜は働いているか、疲れて帰って眠るだけだ。

バックミラーから後部座席をうかがうと、クレートに入ったピリカが目をきらきらさせているのが見える。

しばらく忙しくて、散歩も近所を歩くだけだった。ひさしぶりの遠出だ。

ときどき、ふんふんと鼻をそよがせる。

クーラーボックスに入れて、助手席においてあるのは、昨日の夜から作った猪のフロマージュ・ド・テットと、子猪の肩ロースで作ったパテ・ド・カンパーニュだ。

子猪のパテ・ド・カンパーニュはうまくできた。子供の猪だからか、むしろ豚よりもまろやかだ。今回は、急だったから豚のレバーを使ったが、猪のレバーで作れば、もっと個性がはっきりと出るかもしれない。

店で出すならば、香り豊かなフルーツのソースなどを添えてみたい。

フロマージュ・ド・テットも悪くはない。だが、こちらは苦労してまで、猪で作る意味は感じられなかった。

すっぱりと諦めてしまってもいいのだが、もっとおいしく作ることができるやり方があるような気がした。

もともとは豚の頭をそのまま煮て作った料理だ。

だからこそ、骨からもゼラチン質や旨《うま》みが溶け出すし、頭のいろんな部分の有効利用にもなる。

今は完全に解体された肉しか手に入らないから、舌や耳を使って作っているだけだ。豚ではできないことが、子猪ならばできるかもしれない。

暗くなる前に、大高の家に到着した。

車から降り、ピリカをクレートから出していると、プレハブ小屋の戸が開いた。

「大晦日にもの好きだな」

年末年始をプレハブで過ごす男に言われたくない。

今朝、大高の携帯に電話をかけた。猟をするところを見せてほしいと頼むと、最初は渋い反応しか返ってこなかった。

「鴨やヒヨを撃ちに行くときならともかく、罠猟なんか見てもおもしろくないぞ。山を歩いて、罠をかけた場所を見回るだけだし、数日間なにもかからないなんて、ざらにあることだ」

「一週間休みだし、他にすることもないから、ぼくは大丈夫だよ」

「今日の見回りは終わったから、次は、明日朝から見回りに行く。ついてきてもいいぞ」

「何時くらいから？」

「朝六時くらいかな」

それを聞いて、少し怯《ひる》んだが、自分から言い出したのに引き下がるわけにはいかない。

その時間に大高の家に到着するには、朝四時半には出発しなければならない。新年だから道も混むかもしれないから、今日のうちに行くことにした。

途中、スポーツ用品店でシュラフを買った。座席を倒して、シュラフを使えば車の中でも眠ることはできるだろう。

クレートから出したピリカを、地面に下ろすと、尻尾をぶんぶんと振って大高の方へ駆けていく。

「ああ、おまえも一緒か」

猟に連れて行けるかどうかはわからないが、ペットホテルで過ごすよりはいいだろう。

大高は相好を崩して、ピリカを撫でてやっている。

「マタベーは?」

そう尋ねると、大高は顎《あご》で小屋の中を指し示した。

見れば、マタベーは石油ストーブの前で置物のように丸まっている。北海道犬といえども、寒いのは同じかもしれない。

ストーブを焚《た》いているからか、小屋の中はこの前ほど寒くない。

大高は折り畳みの小さな椅子をストーブの前に置いていた。それをぼくに勧めて、自分は裏返したバケツの上に座った。

「椅子を借りてしまうのは悪いから、ぼくがそっちでいいよ」

「いや、椅子は客がきたときのために置いているだけだ。俺はいつもこっちだ」

それが本当かどうかはわからないが、彼のことばに甘えて椅子を使わせてもらうことにする。

赤ワインの瓶と、料理の入ったクーラーボックスを見せると、大高はにやりと笑った。

「それが楽しみだったんだ」

棚をガタガタと開けて、ステンレスのマグカップをふたつ取り出す。

「今日はおまえも飲むだろう」

「そうだね」

次に車を運転するのは、明日の早朝以降になる。飲んでも問題はないだろう。

パテ・ド・カンパーニュとフロマージュ・ド・テットを作業台の上に広げる。大高はパテの容器を取って、匂いを嗅いだ。

「これも、猪か？」

ぼくは頷いた。

思えば、最初に大高の家で食べた猪も、まだ子供だったと思う。これまで食べてきた猪よりも癖が少なく、どこか軽やかな味わいだった。今回調理した猪の肩ロースは、冬のものだから、たっぷり脂を蓄えている。

猪の旨さは脂の旨さだと言われるのもよくわかる。だが、ぼくは最初に食べた夏の猪も好きだ。脂が少ない分、猪の肉の味がより強く感じられる気がする。

マグカップを合わせることもなく、どちらかが口火を切ることもなく、静かに食事がはじまった。

大高は、マグカップのワインを一口飲んで、驚いた顔になった。

「これは……いいワインか？」

「そうでもないよ。四千円くらいかな」

大高は顔をしかめた。

「俺にとってはその値段でも、高級ワインだけどな」

「もうすぐ新年だからね」

ぼくだって普段は勉強のためでなければ、五千円を超えるようなワインを買うことはない。だが、大晦日の晩くらいは好きなワインを飲んでもいいだろう。

大高は少し黙り込んだ。

ぼくは近くにきたピリカの背中を撫でた。

「言っておくが、あまり楽しい見世物でもないぞ」

「なにが」

「罠猟だよ。生きている獲物に、自分の手でとどめを刺すんだから」

「知ってるよ。猟の経験はある」

ヘタクソながら、野禽はそれなりに撃ったし、フランスにいるときは師匠の猟に同行した。猪や鹿を撃つのも何度も見た。

「銃で撃ったんだろう。今回は銃は使わない」

はっとした。大高は銃を買った店に預けていると言っていた。つまり、ナイフかハンマーかでとどめを刺すということだ。

さすがにそれは経験がない。だが、だからこそ、見なければならない気がした。

「覚悟はしておくよ」

今食べている猪の肉も、そうやって捕らえ、とどめを刺したものだ。

目をそらすわけにはいかない。

車の窓を叩《たた》く音で目が覚めた。

目を開けて身体を起こす。シュラフに入っていることを忘れて、座席から転げ落ちそうになったが、なんとか体勢を立て直した。

シュラフからもぞもぞと這《は》い出して、車のドアを開ける。

皮膚が切られるように空気が冷たい。ぼくは身震いをした。

大高はフェイクファーのついた分厚いダウンジャケットを着ている。ぼくも急いでダウンコートを着こんで、車から降りた。寝ぼけたような顔をしたピリカも、一緒に車から降りる。

「ピリカも連れて行くか?」

大高にそう言われて、ぼくは頷いた。慣れないところで一頭だけにしておくのは可哀想だ。

まだ外は真っ暗だ。日の出までには時間がある。

一度、小屋に入って、熱いコーヒーを飲み、餅《もち》をストーブで焼いて食べた。ピリカとマタベーにもドライフードを食べさせる。

こんな正月ははじめてだ。

二杯目のコーヒーを飲みながら、大高が尋ねた。

「よく眠れたか」

「まあ、そこそこね」

車の中でシュラフに入っていると寒さはほとんど感じなかった。ピリカが寄り添っているから、あたたかい湯たんぽを抱いているような状態だったこともある。

だが、ベッドでのびのび眠るのではないから、身体のあちこちが痛い。すでに自宅のベッドのことを恋しく感じている。休みが終わるまで粘るつもりでいたが、早々に音を上げてしまいそうだ。

コーヒーに砂糖とミルクパウダーを入れて飲み、餅をふたつ食べると身体の芯《しん》があたたまってきた。燃料が補充されたような気がする。

大高は立ち上がって、ストーブを消した。

携帯電話で確認すると、気温はマイナス二度だ。寒いが耐えられないというほどではない。

大高のデッキバンに乗り込み、山に向かった。ピリカを抱いて助手席に座っていると、はじめて大高に会った日のことを思い出す。

山で道に迷い、死を覚悟した。あれから一ヶ月半しか経っていないのが不思議な気がする。もう遠い昔のことのようだ。

ちょうど、明るくなりはじめた頃に、大高が車を停めた。

「ここからは歩くぞ」

舗装された道路はここで終わりのようだ。ぼくは頷いて、ピリカを抱いて降りた。マタベーがふんふんと空気の匂いを嗅いだ。

山に入り、獣道のようになっているところを歩いて行く。急斜面を歩くのは、想像以上に体力がいる。五分も経たずに息が切れ始める。

大高とマタベーは、難なく斜面を登っていく。ピリカが不安そうにぼくを見上げた。

歩いているうちに、身体中が熱くなっていく。吐く息だけがひどく白い。

先を歩いていた大高が振り返った。

「運動不足だな」

そう言いながらも笑っているから、怒っているわけではなさそうだ。

反論はできない。確かに、もう長いこと運動らしい運動はしていない。せめて、もっと歩くようにしなければならない。

ある程度登ったところで、大高が足を止めた。

しゃがんで、なにかをのぞき込んでいる。ようやく追いつくことができた。

「なにがあるんだ」

「鹿の糞《ふん》だ。このあたりを通ったのなら、かかっていてくれるといいんだが……」

立ち上がって、杉の木を撫でる。

「ほら、このあたりも木の皮が食べられている。このままでは、この杉は枯れてしまう」

大高が触れた杉は、下部一メートルほどの皮が、ほとんど剝ぎ取られていた。

見れば、近くにある木も、すべてが同じような状態だ。材木にするために植えられた杉だとしたら、甚大な被害だ。

下草がほとんど生えていないということは、すべて鹿が食べ尽くしてしまったのだろう。

大高は、そこからまた登りはじめた。ぼくとピリカも後に続く。

いつの間にか、太陽は東の方に上りはじめている。初日の出を見たのもはじめてかもしれない。

先を歩く大高が立ち止まるのが見えた。ぼくも急いで追いつく。

「どうかしたのか？」

なにもない場所に立ち尽くしているように見えたが、大高は地面の一点を見つめていた。

そこに目をやって気づく。くくり罠のようなものがあった。

ワイヤーをつかって、罠の真ん中を通った生き物の足を締め付ける仕組みになっている。

だが、なにかがおかしい。パーツが足りないような気がする。

大高は舌打ちをすると、罠を枯れ葉の中から掘り返した。

「罠を回収するのか？」

「ああ、作動しているのに、なにもかかっていない」

そう言われてはじめて気づいた。ワイヤー部分が罠から外れている。

「かかったが、逃げられたのか……」

大高はワイヤーを調べながらつぶやいた。

「だが、なにかがかかったような形跡はない……」

罠を回収し終わると、大高はなにも言わずに斜面を下りはじめた。先ほどまでの機嫌のいい様子ではなく、険しい顔になっている。

「なにかあったのか？」

「わからない。だが、人の手によって、罠が作動させられている気がする」

そう言われてはっとした。

一度作動させてしまえば、もうそこを生き物が通っても罠にはかからない。罠を仕掛けたことが無駄になってしまう。悪質ないたずらだ。

「いったい、誰が……」

そうつぶやくと、大高は鼻を鳴らした。

「俺にわかるか。でも、これがはじめてというわけじゃない」

つまり、何者かが大高の猟を邪魔しようとしている。

第七章　ぼたん鍋

Cocotte de sanglier

その後、大高は黙りこくってしまった。

ただ、ひたすら、獣道を歩き、ときどき立ち止まって地面をチェックする。思索の中に沈み込んでしまったように、こちらを振り返ることすらしない。

ついていくのが精一杯だ。先を歩いていたピリカとマタベーが足を止めて、ぼくが追いつくのを待っている。犬の方がよっぽど親切だ。

山歩きは、ハードな有酸素運動だ。

顔に感じる空気は冷たいのに、全身が熱を持つ。

血液が酸素を全身に運び、熱がエネルギーに変わってく。身体の中で小さい火が燃えているような気がする。

不思議だった。普段の生活で、自分の肉体のことを意識することはあまりない。

生きるために、エネルギーを生み出し続けているのは日常でも同じなのに、普段はまるで肉体など存在しないかのように忘れている。

山を歩いていると、自分の身体と向き合っているような気がする。呼吸も筋肉の痛みも、身体の熱さも、鮮烈に感じられる。

最初の苦しさが、次第に快感に変わりはじめてくる。

大高の赤いジャケットが、急に消えた。見失ってしまったのかと思って一瞬焦ったが、マタベーも足を止めている。

大高は斜面の木の陰で、しゃがみ込んでいる。ワイヤーが樹に繋《つな》がっているところを見ると、ここにも罠《わな》を仕掛けてあるのかもしれない。手袋をした手で、まわりの樹や石を動かしている。

ぼくは息を切らしながら斜面を登った。小枝を踏んだのか、なにかが折れる音がした。

大高は驚いたように顔を上げた。なぜか、きょとんとした顔で何度かまばたきをした。

「ああ……おまえがいたか。忘れてた」

忘れないでくれ。そう言いたかったが、息が上がってしまって、声にならない。

「ここで罠の見回りは終わりだ。ここから車のところまで降りるが……少し休むか」

そうしてくれるとありがたい。頷《うなず》くと、彼は斜面を下りはじめた。

「休むんじゃないのか……」

「そこは罠を仕掛けたから、少し離れないと……野生動物は匂いに敏感だ」

下りは、登りとは別の苦しさがある。慎重に歩かないと、転んでしまいそうだ。

疲れ切った足の筋肉が、ぶるぶると震える。

ふいに、そう遠くない場所から銃声がした。大高は足を止めた。

「正月早々から巻き狩り猟か……」

巻き狩り猟というのは、大勢で犬を使い、獲物を追い詰める猟だ。

「ピリカに気をつけておけ。さすがに人を間違えて撃つようなことはないだろうが、犬は危険だ」

ピリカを呼ぶと、彼女はぼくのそばまでやってきた。

マタベーが空気の匂いを嗅《か》いでいる。大高は歩く速度を緩めた。ぼくに合わせてくれているのだろう。

「休もうかと思ったが、とりあえず見晴らしのいいところまで出るぞ」

「わかった」

振り返った大高は厳しい顔をしていた。

たしかにこの近くで、銃を持っている人間がいると思うと不安を感じる。大高は赤いダウンジャケットを着ているが、ぼくは愛用しているカーキ色のコートを着てきてしまった。

獲物を確認しない限りは、銃を撃ってはいけないのがルールだが、不注意な人間がいるかもしれない。交通ルールがあっても、守らない人間はいるし、事故は起きる。

しばらく歩いていると、ようやく開けた場所に出た。

「ここなら大丈夫か」

大高がそう言うから、そばにあった石に腰を下ろす。コートの内側で、身体中が熱を持っている。鞄《かばん》からペットボトルの水を出して、ごくごくと飲んだ。

大高は平たい容器を鞄から出し、そこに水を入れた。ピリカが先に顔をつっこんで飲み始めたが、マタベーは怒らずに待っている。

「マタベーは優しいな」

そう言うと、大高はにやりと笑った。

「ピリカがメスだからだ。オスが相手ならこんなことはしない」

避妊手術はしているが、それでも性差は犬にとって重要なのだろうか。

ピリカが飲み終えると、ようやくマタベーも水に口をつけた。

また銃声が鳴る。先ほどより近いが、林の中にいるわけではないから、恐怖感は薄い。

大高は耳をすませている。

「五人以上いるな。猪か……」

ぼくにはなにも聞こえない。耳がいいのだろうか。

「帰るぞ。また夕方にくる」

そう言われて立ち上がったとき、林の中からオレンジの防寒具をきた男が出てきた。

六十代くらいだろうか。頭は白いが身体はがっしりとしている。

「おお、シゲ。戻ってたのか」

親しげに大高に話しかけるから、大高の知り合いだろう。

「木宮《きみや》さんも、正月早々から巻き狩りですか？」

「本業があると、休みのときしか人数が集まらないからな」

彼の目が、ぼくに留まる。ぼくはぺこりと頭を下げた。

「珍しいな。シゲが誰かと猟に出るなんて」

「猟と言っても、罠の見回りだけですよ。銃は預かってもらってるので」

「火事は災難だったな」

大高は小さく頷いた。

木宮と呼ばれた男は、山を見上げた。

「どうも最近、嫌なことが続く。原山《はらやま》のことは知ってるか？」

「なにをですか？」

「ライフルを盗まれたんだ」

大高は眉をひそめた。

「大変じゃないですか。原山さん、ハンター歴長いのに、なぜそんな……」

「わからん。自宅のガンロッカーにきちんと鍵《かぎ》をかけて、保管していたはずだと言っているが、それでも盗難は盗難だ。所持許可は取り消しになった」

散弾銃を十年以上使った経験がないとライフルは持てない。これまでの経験がすべて台無しだ。

「動揺したのか、あいつ、そのあと、車を電柱にぶつけたそうだ。幸い、軽傷で済んだが、むち打ちになって苦労しているらしい。またよかったら声をかけてやってくれ」

「わかりました」

大高は頷く。木宮は疲れ切ったようなためいきをついた。

「まるで呪われているみたいだな。猟仲間がまた減る」

大高はそれには答えない。どう考えたかも、表情からは読み取れない。

木宮の携帯電話が鳴った。

「ああ、俺だ。わかった。今行く」

短い会話を終えると、木宮は電話を切った。

「どうだ。シゲもまた参加しないか？」

「もう巻き狩りはやらないんで」

大高は即座にそう答えた。木宮は気を悪くした様子もなく笑った。

「まったく、オヤジさんにどんどん似てきたな」

大高は不快そうに顔を背けた。


車のところまでようやく戻る。ピリカとマタベーを後部座席に乗せ、助手席に座るとようやく安心できた。

意識はしていなかったが、やはり山に入ると緊張する。遭難しかけた記憶は身体の奥に恐怖感と共に植え付けられている。

それが当然なのかもしれない。自然の中では、人は無力だ。だから万全の準備をして、山に向き合わなくてはならない。

大高が運転席に座った。すぐにエンジンをかけることはせずに、しばらく黙りこくっている。

沈黙が重苦しくて、口を開いた。

「お父さんも猟を?」

「猟師だったからな。まあ、狩猟しかできないような男だった」

今の時代、職業として猟師をやっていける人間はどれだけいるだろう。そう考えて気づいた。大高もその生活を選択している。

「親子二代、猟師なんだ」

「じいさんもそうだった。まあ、俺は猟師と呼べるようなものじゃない」

ならば、大高が考える猟師とはいったいなんなのだろう。

それを聞こうとしたとき、大高はエンジンをかけて、車を発車させた。

彼の横顔がそれ以上の質問を拒んでいるような気がした。

午後からは正月営業している銭湯に行くことにした。

ピリカとマタベーは留守番をさせるのかと思ったが、大高は「連れて行く」と言い張った。

火事の原因は放火かもしれないと、以前聞いた。犬たちを置いていって、またなにかあることを恐れているのかもしれない。

大高の車で銭湯に向かう。駐車場に車を入れると、大高が言った。

「じゃんけんするか」

「なんで？」

「どちらが先に風呂《ふろ》に入ってきて、どちらが犬たちと待っているか」

「どうぞお先に」

そう言うと大高は怖い顔になった。

「後の方がゆっくり入れていいに決まってるだろう」

ぼくとしては、どちらでも問題はない。先に行かせてもらうことにする。

正月の銭湯は、初湯を楽しみにきた老人たちで、混んでいた。銭湯など、何年ぶりだろう。温泉にすら長いこと行っていない。

身体を洗って、湯船に入る。熱めの湯に浸《つ》かると、皮膚がぴりぴりと痺《しび》れた。肩も背中も足も疲れ切っている。

朝から歩き回ったこともあるが、車の中で眠ったせいもあるのだろう。腹の奥からためいきのような声が出た。

風呂上がりにビールでも飲みたいような気分になるが、さすがに無理だろう。行きは大高が運転したから、帰りはぼくがハンドルを握った方がいいだろうし、たとえ運転をしてもらえても、ぼくだけ酒を飲むのはさすがに気が引ける。

顔見知りらしい老人たちが、紅白歌合戦の話などをしている。そういえば、テレビをまったく見ない正月というのも、ひさしぶりだ。

人の話し声と笑い声、脱衣場から聞こえるテレビの音。日常の音がする、と思った。銭湯になどめったにこないのに、なぜかひどく懐かしい。車で眠ったり、山を歩いたり、普段の生活とあまりにかけ離れた時間を過ごしたからかもしれない。

湯が熱いから、あまり長く入っていられない。ぼくは湯船から上がった。タオルで身体を拭《ふ》いて、脱衣場に出る。

そもそも昼間に風呂に入ることが非日常だ。普段は忙しいから、シャワーだけで済ますことも多い。

髪を乾かして、コーヒー牛乳を一本飲んでから携帯電話を見ると、大高からメールが入っていた。近くの公園にいるらしい。

公園に急ぐと、大高はマタベーとピリカを連れて、古いブランコに腰をかけていた。大男とブランコというのも、なかなか珍しい組み合わせだ。

「お待たせ」

ピリカが飛びついてくる。犬は不思議だ。たとえ数十分でも、まるで数年ぶりに会ったように喜んでくれる。

大高が行ってしまうと、マタベーはただ一心に大高が行った方向だけを見つめている。ぼくの方など見向きもしない。

思わず、マタベーに話しかけた。

「なあ、おまえ、ご主人様のこと好きか？」

その背中は「言うまでもない」と答えたように見えた。


夕方の見回りでも、獲物はかかっていなかった。

一日二回、この距離を歩くのはかなりハードだ。正月休みの間は大高と一緒に山を歩こうかと思ったが、少し早めに帰って身体を休めなければ、年明けの仕事に差し障る気がする。

帰り道、大高は畑のような場所で車を降りた。すでに人の手はかけられていないらしく、荒れ放題になっている。そこからなにかを引っこ抜く。戻ってきた大高の手には大根のような白い根っこがあった。

「それ、大根？」

「だいぶ野生化したものだけどな。まあ、そこそこ食える」

むしろ緑の葉の方がおいしそうだ。

解体小屋に帰ると、大高は石油ストーブに火をつけた。先ほど取ってきた野生の大根を切り始める。冷凍庫から、塊の肉を取り出して、流水で解凍する。

一度外に出ると、白菜を持って帰ってくる。

「それ、植えてたの？」

「いや、もらったのを外で保存してあった」

白菜の葉を切り、解凍した肉も切る。これはなんの肉か見ただけでわかった。猪肉だ。冬のものらしく脂もたっぷりと蓄えている。

火にかけた鍋《なべ》で猪肉を煮始める。丁寧に灰汁《あく》をすくうと、その後野菜を入れて、味噌《みそ》を溶き入れる。ぼたん鍋だ。

「料理人に食わせるようなものじゃないがな」

いい匂いがする。ピリカやマタベーもふんふんと鼻をそよがせている。

「おまえらはこっちだ」

大高はドライフードをマタベーの皿に入れた。ぼくもピリカのために持ってきたフードを用意する。

二頭は大人しく食べ始めた。マタベーは自分と違うフードが気になったのか、ピリカの皿をのぞきに行ったが、ピリカに唸《うな》られて、大人しく自分の皿に戻った。

できあがったぼたん鍋を食べ始める。猪の匂いも強いが、大根も売っているものよりも匂いと風味が強い。猪にはよく合うが、豚や鶏《とり》だと大根の方が勝ってしまいそうだ。

猪の脂が身体中に染み渡る気がする。寒い季節を生き抜くためには、人間も脂肪を必要とするのかもしれない。

「うまいよ。疲れが取れる」

そう言うと、大高は少し視線をそらした。

「あれだけ歩けば、どんなものでもうまい」

だが、野生の大根と味噌とのバランスもいい。大高はやはり料理が上手《うま》い。素材のおいしさをちゃんと活《い》かしている。

銭湯の帰りに買ってきたビールを飲みながら、ぼたん鍋を食べる。

フードを食べ終えたマタベーとピリカは、石油ストーブのそばでうとうとしはじめた。

大高がつぶやいた。

「生きることには時間がかかる」

「え？」

「罠をかけ、見回り、野草を取り、薪《まき》を集めて火をおこす。罠に獲物がかかったら、持って帰って解体する。飯を作る。それだけで一日は過ぎていく。昔から人はそうやって生きてきた」

「うん、そうだね」

今ではそうやって生きている人は、ごく一握りだ。

「面倒なことに関わっている時間はない」

そう言われてはっとした。大高が、面倒なことを嫌がるのは、ただ生きていくだけでも時間がかかるからだろうか。

「そりゃあ、スーパーで解体された肉を買ってくるだけなら、こんな時間はかからない。だが、山はどうなるんだ」

大高は低い声でそうつぶやいた。

「増えた鹿は駆除しなければ、里にも下りてくる。食物がなくなって飢え死にする鹿も出る。鹿や猪を殺しながら、肉はスーパーで買うのか？」

たしかにそこには矛盾がある。山から距離を置き、見ないようにすれば知らなくて済む矛盾だ。

だが、ぼくたちの生活は木材を必要としている。畑で取れた野菜も食べる。スーパーの肉を食べているから、山にあふれる鹿のことなどは考えなくてもいいというわけではない。

「山で自給自足で生きていたって、社会から自由でいられるわけじゃない。水道も電気も使うし、服も買って着る。だが、スーパーで肉を買う人間と同じだけの複雑さでは生きられない。一日はどちらも二十四時間だ」

「そうだね」

不思議だった。肉も野菜もすぐに買うことができて、速く移動できる術《すべ》も増え、家電だって充実して、時間から自由になれたはずなのに、ぼくたちの人生は複雑さを増すばかりだ。楽になった代わりの時間に、別のものが流れ込む。

世界中の情報にスマートフォンひとつでアクセスできる。それは自由のはずなのに、すべてを読まなければならないと思えば、足枷《あしかせ》になる。

大高の生活を知らなければ、彼の言うことは本当にはわからなかったかもしれない。

「オーナーにはぼくから説明しておくよ」

選択肢が増えることは自由になることだが、それを遮断するのもまたひとつの自由だ。どちらを選ぶかはその人次第だ。

無理強いはできない。

第八章　雪男

Yeti

翌日も早朝から、山に行って、罠をかけた場所を見回った。身体は動かしただけ、応《こた》えてくれる。昨日よりは息切れせずに、斜面を登ることができた。思ったより軽かった。もしかすると、明日あたり、筋肉痛は、湿布薬を貼って寝たおかげで、遅れて痛みを感じるようになるのかもしれない。

獲物は今日もかかっていなかった。残念な気持ちと、少しほっとしたような気持ちが綯《な》い交ぜになっている。無駄に歩くのはつらいし、なにか獲《と》れてほしいと思う気持ちは嘘ではない。だが、罠になにかがかかっていれば、それにとどめを刺さなければならない。

散弾銃で鳥を撃つのと、大きな獣を殺すのは、また心構えが違う。こんなことを考えてしまうぼくは、まだハンターとしては未熟なのだろう。

三つ目の罠をチェックし終わったとき、雪がちらちらと舞い始めた。寒いはずだ。大高が立ち上がって、空を見上げた。

「積もるかもしれないな」

「わかるのか？」

やはり、つねに山を歩いている人間は、天候の変化に敏感なのだろうか。そう考えていると、大高はにやりと笑った。

「くる前に、スマホの天気予報で見た」

「なんだ」

拍子抜けする。自然に寄り添って暮らす人間は、街で暮らす人間とは違う感覚を持ち合わせているのかと思ってしまった。

「まあ、便利なものは使った方がいい」

それは同感だ。料理でも自然に近いやり方が優れていることもあれば、テクノロジーを利用した方がいい場合もある。

大晦日《おおみそか》から、大高と一緒に過ごし、山を歩き、ストーブで煮炊きをしている。夜は車の中で眠る。決して快適ではないはずなのに、どこか凝り固まった気持ちがほぐれていくような実感がある。

不思議と、風野がカレイドスコープで成功していることを考えても、焦燥感は覚えない。彼は彼、そして自分は自分だと思えてくる。

風野は風野で頑張ったから、今の立場を手に入れた。ぼくは自分のやり方を探すだけだ。

もしかすると、街に戻り、日常に忙殺されれば、また気を揉《も》むようになるのかもしれないが、苛立《いらだ》ちから離れられると気づいたことは収穫だった。

最後の罠にも、なにもかかっていなかった。これはなかなか大変だ。

ぼくの落胆に気づいたのだろう。罠の微調整をしながら大高が言う。

「まあ、獲れるときは続けて獲れるが、獲れないときは、一週間獲れないなんてざらだ。待つのも狩猟のうちだ」

「そうだろうね」

鳥を撃つために池のそばで待つときも、同じことを考える。だが、銃猟だと、獲れなくても諦《あきら》めて帰ればいいが、罠は毎日見回らなくてはならない。また別の苦労がある。

大高は立ち上がって、膝《ひざ》を伸ばした。フードや背中にかかった雪を手袋で払う。

「ちょっと、よりたいところがあるけど、かまわないか？」

「もちろん」

明日の朝の見回りが終わって、なにも獲れなければ帰ろうと思っているが、今日はまだ時間がたっぷりある。

ピリカは楽しげに、落ち葉を踏んで歩いたり、樹の匂いを嗅いだりしている。機嫌がいいのは、ずっとぼくと一緒にいられるからだろう。

いつも寂しい思いをさせていることに、胸が痛くなる。

マタベーはピリカのように、感情を表さない。だが、大高のそばにぴったりと寄り添っている。ときどき、ピリカがぼくたちから離れようとすると、呼び止めるように回り込んで先に立ったりする。

ずっと、群れに気を配りながら歩いていることがわかる。

マタベーを目で追っていると、大高が言った。

「マタベーは山があまり好きじゃないからな」

それは置き去りにされたからだろうか。

ぼくも、遭難しかけた記憶は残っているが、なにが悪かったか、同じ過ちをしないためにはどうすればいいかわかる。

だが、飼い主だと思っていた人間に、置き去りにされたのなら、大高のそばを離れないことくらいしかできないだろう。

なにも収獲がないまま、獣道を下り、大高のデッキバンに乗り込む。彼はアクセルを踏んで、発車させた。

山を下りると、大高は自宅とは違う方向に走り出した。

なだらかな山を遠くに見ながら、田んぼの間を走り続ける。山頂はすっかり雪に覆われている。このまま雪が降り続けば、夕方の見回りは雪の中を歩くことになるだろう。

大高は一軒の民家の前で、車を降りた。

車の中で待っていた方がいいかと思ったが、ピリカが切なげな声を出す。クレートから出してほしいのだろう。

ぼくも車を降りて、ピリカとマタベーをクレートから出した。あまり人は歩いていないが、念のためリードをつける。

大高は民家の敷地に入っていって、声を上げた。

「原山さん、いらっしゃいますか？」

縁側に面したガラス戸が開いて、中から五十代くらいの白髪の男が顔を出した。首にギプスを装着している。

「おお、シゲか。ひさしぶりだな」

「事故に遭ったと聞きました。なにかお手伝いすることは？」

「菜都美《なつみ》が昨日帰ってきてくれた。灯油も餅《もち》も買ってきてもらった。大丈夫だ」

「それはよかった。五日くらいまではいるので、またなにか必要なことがありましたら……」

そう言うと原山が手を打った。

「そうだ。菜都美を駅まで送っていってくれないか？　もう帰らないといけないらしいんだ。バスは休日ダイヤで本数が減るし……」

「いいですよ。今すぐですか？」

「ちょっと待ってくれ」

原山は家の中に入っていった。

大高が車の方に戻ってきた。後部座席に置いてあった、ピリカのクレートを荷台に移す。

「後部座席に人を乗せるから、助手席でピリカを抱いていてくれるか」

「いいけど、ぼくが後部座席に行こうか？」

マタベーのクレートも後部座席に置いてある。犬が好きでない人なら、助手席に座った方がいいだろう。

「いや、大丈夫だ」

原山が縁側から声を上げる。

「今、降りてくるそうだ」

玄関から、二十代くらいの女性が出てきた。ボストンバッグを持っている。

「大高さん、ご無沙汰《ぶさた》しています」

原山の娘だろうか。父親に似て小柄だ。あまり化粧もしていない。長い髪を後ろでひとつにまとめている。

「ご迷惑じゃないですか？」

「大丈夫ですよ」

彼女はぼくに気づいて、不思議そうな顔になった。

「お友達ですか？」

「まあ、そんなもんです」

大高はそう言うと、後部座席のドアを開けた。

「わあ、マタベー、ひさしぶり」

彼女はマタベーの鼻先に手を近づけて、匂いを嗅がせた。

どうやら、彼女は大高やマタベーのこともよく知っているらしい。

「JRの駅まででいいですか？」

「ええ、大丈夫です。すみません」

ぼくもピリカを抱いて、助手席に乗り込む。急に現れた知らない女性に、ピリカは興味津々で、後ろを向く。彼女は微笑んで、ピリカにも手の匂いを嗅がせた。

大高は車を動かした。ここから駅までは車でも二十分くらいかかるはずだ。大高の家もそうだが、便のいい場所とは言えない。

大高も、彼女もしばらく口を開かなかった。沈黙が重苦しい気がするが、この状況でぼくがぺらぺら喋《しゃべ》るのも変な感じだ。そもそも紹介もされていない。

沈黙に耐えかねたのか、ようやく大高が口を開いた。

「大阪に帰るんですか？」

「ええ、本当はお正月も仕事のつもりだったんですけど、父が怪我をしたと聞いて、急《きゅう》遽《きょ》帰省することにしました。だから、あまり長く休みが取れなくて」

サービス業かなにかだろうか。オフィスで働いているならば、四日か五日くらいまでは休めるはずだ。

「原山さん、思ったより元気そうで安心しました」

大高のことばに、彼女は返事をしなかった。小さく口を開けて、また閉じる。

「大高さんも、火事があったんですよね」

大高は頷いた。

「今年はもう無理ですけど、来年の猟期までにはトレーラーハウスでも建てられたらいいかなと思ってます」

「まだ、狩猟を続けるんですか？」

彼女の声にはかすかに責めるような響きがあった。

「他のことはできませんしね」

「わたし、大高さんのお芝居、好きでしたよ」

思いがけない単語が出てきて、ぼくは目を見開いた。大高が大きく咳払《せきばら》いする。

「学生の遊びですよ。それで食っていけるわけじゃない」

「でも、狩猟でも食べていけるわけじゃないでしょう」

「食い物が手に入るか、入らないかは大きな違いですよ。それに今、彼のレストランにヒヨドリや鴨を納品している」

大高はハンドルを握りながら、顎《あご》の動きだけでぼくを指した。

なぜか、ぼくを見る彼女の目が鋭くなった気がした。

だが、大高が芝居をやっていたとは知らなかった。ずっと、山の側に住み、狩猟をしていたような気がしていた。

だが、話を聞く限り、大学に行って、そこで演劇をやっていたのだろうか。

ふいに、ぼくの頭にある場面が浮かんだ。

たしか十年ほど前だ。当時の彼女に誘われて、観に行った舞台があった。

公園にテントを立てて、そこで芝居をやるという劇団で、人気があり、チケットもなかなか取れないのだと聞いていた。

ストーリーの細部ははっきりと覚えていない。だが、雪男の出てくるコメディだった。身体の大きな男が、特殊メイクをして、雪男に扮《ふん》していた。雪男が地球温暖化で居場所がなくなり、街に下りてきて、騒動を起こすという話だった気がする。

雪男は台詞《せりふ》を喋らないが、うなり声や吠えるような声で、感情を表現していた。

ぼくは小さくつぶやいた。

「雪男」

大高がぎょっとしたような顔でぼくを見た。彼女が声を上げる。

「あっ、あのお芝居、わたしも観ました。最高でしたよね」

大高はたしかに、その雪男にそっくりだった。

菜都美を駅で降ろし、大高の家に帰る間、大高はひとことも口を利かなかった。あからさまに機嫌が悪い。

たぶん、この機嫌の悪さはぼくが彼の芝居を観ていたせいだろう。だが、お金を払ってチケットを買って観に行っただけで、悪いことをしたわけではない。

だが、黙り続けているのも、気が重い。こういうときは、あえて話題を避けるよりも、直球を投げる方がいい。

「おもしろかったよ。あのお芝居」

「あぁ？」

褒めたのに、じろりと睨《にら》み付けられた。怯《ひる》まずに話を続ける。

「もうやらないのか？」

「やらない。もうやめた」

たしかに演劇で生活できる人間は一握りだと聞いたことがある。

「あの脚本は誰が書いたんだ？」

大高は大きなためいきをついた。

「俺だよ」

「すごいじゃないか。もう書かないのか？」

それに対する返事はない。ぼくは続けて言った。

「おもしろかったよ。もうあんまり覚えてないけど」

そう言うと、大高はやっと少し笑った。

「適当なことを言いやがって、調子のいい奴」

「話は覚えてないけど、おもしろかったことは覚えているんだよ」

当時の彼女は舞台が好きで、一緒にいろいろ観て回ったが、大高の芝居は特に印象に残っている。

大高はふうっと息を吐いた。

「まあ、それでも、プロとしてやっていく奴らとレベルが違うことくらいはわかるさ。いつまでも続けようとは思わなかった」

胸がぎゅっと痛んだ。さっさと夢を手放して、どうやって生きるか決めた大高と、成功するかどうかわからないのに、必死で足掻《あが》き続けている自分。

夢を諦めるのは、身体の一部を切り取られるくらい苦しい。だが、このまま、また売り上げが減り、店を閉めることになったら、ぼくはどうするのだろう。

そのときこそ、決断をすべき時なのではないだろうか。

第九章　鹿レバーの赤ワイン醤油漬け

Foie de chevreuil vin rouge et sauce de soja

大高は解体小屋へ帰ると、「昼寝する」とひとこと言った。

コットというアウトドア用ベッドに横になり、毛布にくるまると、一分も経たずに寝息を立て始めた。

寝付きの良さがうらやましい。

ぼくはストーブで湯を沸かし、ドリップバッグのコーヒーを入れた。コーヒーを飲みながら考える。

夕方の見回りまで、四時間近く時間がある。山歩きで汗をかいたから、また銭湯に行きたいが、銭湯まで車で三十分近くかかる。昨日も入ったし、明日は帰る。一日くらい入らなくてもいいかもしれない。店に出るのなら清潔感は大事だが、明日は車で帰るだけで人に会う予定もない。

やはり家に風呂があるというのは便利だなとあらためて考える。

半アウトドア生活と言えるような、この生活にも楽しさはあるが、文明に慣れた身体では、ずっと続けるのは難しい。

大高だって、正月が終わると、あの学生だらけのアパートへ戻っていくのだろう。

ストーブの前で、椅子に座っていると、眠気が押し寄せてくる。

ピリカは、ストーブのそばで丸くなって寝息を立てている。毛皮を持っているわけではないから、このまま居眠りすると風邪を引いてしまうかもしれない。

ぼくも車に戻って昼寝をした方がいいようだ。


目が覚めると、あたりは一面の雪景色だった。

シートから身体を起こして、外を眺めると、ピリカとマタベーが雪の中を駆け回っていた。

大高が、近くに立って二頭を眺めている。ぼくはシュラフから抜け出すと、ダウンコートを着て、外に出た。

ピリカがぼくに気づいて駆け寄ってくる。

そういえば、ピリカは降っている雪を見たことはあるが、積もっているところを見たのははじめてだ。身体をひねるようにジャンプして、うれしさを全身で表現する。

マタベーはぱくぱくと雪を食べている。

飛びついてきたピリカを撫《な》でてやる。口角が上がって、笑顔のような顔になっている。

「もう少し待って寝ているようなら起こそうと思ったが、起きたみたいだな」

一眠りしたおかげか、大高の機嫌が直っている。

「そろそろ出発するのか？」

「ああ、行く」

はしゃぎまわるピリカをようやくつかまえて、デッキバンの後部座席に乗せる。マタベーは慣れているのか、大人しく乗った。

ぼくが助手席に乗ると、大高は車を動かした。

何度か通った道だが、雪が積もると景色もまるで違って見える。田んぼも雪に埋まって、足跡ひとつない。なにもかも白に塗り替えられている。

不思議と、普段よりも静かな気がする。正月休みだからか、外を走っている車も少ない。

山道のいつもの場所で車を停めて、歩き出す。

大高はちらりとぼくを見て、「気をつけろよ」と言った。

大高が履いているのは、冬用の登山靴だが、ぼくは普通の登山靴だ。まだ積もったばかりで凍結していないから、歩くことはできるが、ひどく冷える。保温性はほとんどない。

この前遭難しかけたことを思い出して、気を引き締める。この前と違って、リュックの中にヘッドライトや非常食などは入れてあるが、雪の中で大高とはぐれたくはない。

ひとつめの罠をチェックし、ふたつ目への斜面を登る。ふいに、マタベーが足を止めて、低く唸った。大高がはっとしたような顔になり、斜面を見上げた。

「かかっているかもしれないぞ」

マタベーには、匂いでわかるのか、それとも物音が聞こえるのか。人間にはなにも感じられない。

しばらく進んでいくと、山の中腹で動くものがいた。大高が息を吐くように言う。

「鹿か……小さいな」

子供なのだろうか。念のため、聞いてみる。

「小さかったら放したりするのか？」

「するか。釣りじゃあるまいし」

たしかに大高の主目的は駆除だ。子供のうちに捕らえられれば、その方がいいはずだ。逃がせば大人になるまでに食害を生むだろう。

大高は小さくつぶやいた。

「とはいえ、あまり気分は良くないな」

大高でさえそうなのだから、ぼくの胸がきりきりと痛むのも、無理はないのだろう。

大高はリュックを下ろすと、中から袋に入った刃物を取り出した。それに棹《さお》を装着して、槍《やり》を組み立てる。それからぼくに言った。

「ここで待ってろ」

たぶん、これからとどめを刺すのだろう。猟の世界では止め刺しと呼ばれる。見たいかと言われれば、見ないで済むほうがいい。だが、見なければならない気がした。

「ぼくも行くよ」

「いや、くるな。ピリカとマタベーにリードをつけて、押さえていろ」

大高はそう言うと、斜面を登っていった。たしかにマタベーはともかく、慣れないピリカを連れて行って、危ないことになってはいけない。

見るのを諦めて、ぼくはマタベーとピリカにリードをつけた。

十分ほど待っただろうか。大高の声がした。

「もういいぞ。こっちにきて、手伝ってくれ」

犬たちの首輪からリードを外して、斜面を登る。大高の足下には、茶色の毛皮があった。ぐったりと脱力しているから息絶えているのだろう。

きゅっと胸が痛んだ。たぶん、動いているところを見ると可愛いと感じるだろうに、死んだ個体を見ても、その感情は呼び起こされない。そのことに、心が混乱している。

鳥を撃つのも、最初は怖くて、それから慣れた。

だが、大型の生き物には、鳥よりも強い生々しさがある。

今、ぼくの足下にいるピリカと、そこで息絶えている鹿の間にどれほどの距離があるのだろう。四本足で歩き、血液が流れ、ナイフで急所を刺せば死ぬ。

白い雪の上には血だまりができていた。目を背けたくなるのを堪《こら》える。

ぼくはジビエを調理して、多くの人に提供する仕事をしている。目をそらしてはならない。

ピリカもなにか不穏な空気を感じたのか、ぼくの足下から離れない。はじめて見る大型の獣に驚いているのかもしれない。

「車まで運ぶ」

「冷やさなくていいのか？」

以前、猟を見せてもらった猟師は獲物を渓流につけて、肉を冷やしていた。

「俺はやらない。水を汚したくないからな。そのあたりは人それぞれだ」

大高は、鹿をシートで巻いて、紐《ひも》で縛った。ふたりで引きずって下りる。

子鹿だと大高は言ったが、かなり重い。六十キロくらいはあるのではないだろうか。

もっと大きな獲物がかかっていたら、ひとりで持って帰るのはかなり大変だ。

「普段はこれをひとりで運んでいるのか？」

「鹿くらいだったら、ひとりで引きずっていく。まあ、さすがに大物の猪になると、人に手伝ってもらうが……」

猪となると、百キロを超えることはごく普通だし、二百キロ近いものもいると聞く。

さすがにそこまでになると、ひとりでは無理だ。

「猪の肉はうまいから、持って帰るのを手伝ってもらう代わりに、肉を分配すれば、喜んでやってくれる人はけっこういる。鹿はなかなか難しいな。いちばん増えていて、駆除しなければならないのは鹿なんだが」

たしかに鹿の肉は淡泊で、脂肪分がない。気を遣って調理しないと、ぱさぱさになる。

一部の猟師の間で食べられている鹿刺しは、鹿肉をおいしく食べるための知恵だが、E型肝炎の危険性がある。胸を張って勧められる調理法ではない。

重いものを運びながら、斜面を下りていると汗が噴き出してくる。身体の中から熱が生まれて、寒さなど感じない。ダウンを脱ぎたいような気持ちにすらなる。

「おまえなら、鹿をどう料理する?」

そう聞かれて考えた。

「アロゼという油をかけながら焼く技法がある。それなら、焼きながら油脂分をプラスできる」

「なるほど」

「もしくは、七十五度の低温調理で、じっくり中まで火を通すか……」

肉の中心部を七十五度で一分以上加熱することで、ウイルスや寄生虫はほとんど死滅する。だが、表面温度を七十五度にしても、肉の内側まで加熱されるには時間がかかる。

今は湯の温度を一定に保つことができる調理器具が開発されているから、それを使えば、安全に中まで火を通すことができる。

温度を低くすれば肉は軟らかくなるが、自分がやるなら安全性を取る。

「おまえだったらどうする？」

ぼくの質問に大高は軽く振り向いた。

「よくやるのは、塩漬けにして燻製《くんせい》だな。薄く切って干してからスモークすればジャーキーになる。山に持っていって非常食にするのにちょうどいい」

たしかにジャーキーにしてしまえば、固さは気にならないはずだ。

「もしくは、猪の脂肪と混ぜ込んで、ソーセージにするか」

ふいに思った。

豚の脂であるラルドで鹿肉を包み込んで焼くのもおいしそうだ。北欧料理であるように、ベリーのソースなどを添えると、野趣といい調和が生まれるだろう。

雪をイメージさせる焼いたメレンゲなどを飾りにつかってもいいかもしれない。

そう考えて、自分の単純さにぼくは苦笑する。

先ほど、失われた命に胸を痛めたばかりなのに、もうおいしく食べることを考えてる。

だが、自分たちが殺したものなのだから、せめても無駄を出さずにおいしく食べたい。

そして多くの人にも食べてもらいたい。

食べたくないという人に、無理に食べさせることはしなくても、おいしいなら食べたいと言う人は多いはずだ。

ようやくデッキバンのところまで下ろして、鹿を荷台に載せた。大高は積もった雪で鹿を覆った。

冷やすための行為だとわかっているのに、なぜかその手つきが鎮魂の儀式のように見えた。

デッキバンの助手席で、雪に濡《ぬ》れた登山靴と靴下を脱ぐ。足を拭いて、念のために持ってきた新しい靴下と穿き替えると、少し生き返った気がする。

山登りと言うほどの距離を歩くわけではないが、雪道用の冬用登山靴は必要かもしれない。足が冷えて濡れると体力がてきめんに落ちて、全身が冷える。

大高は、マタベーを連れて、残りの罠を見に行った。ぼくも行きたいのはやまやまだったが、鹿を運んだことで、すっかり息が上がってしまっている。もう一度上り下りするのは難しい。

やはり大高は体力がある。この山を毎日のように歩いていたわけだから、当然かもしれない。

ぼくはどこかで、大高を世の中から距離を置いた、世捨て人のように思っていた。

だが、ここには大高の世界がある。生き物の命と直接向き合い、山や木々の声を聞く。捨てたから、社会と距離を置いたわけではない。大高の世界は、ぼくたちの社会とは別の豊かさで満たされている。

どんな人間にも、与えられる一日は二十四時間だ。別のことで時間を費やせば、山と向き合う時間が短くなる。
大高が人生を複雑にしたくないと言った気持ちを、はじめてちゃんと理解できた気がした。

前方から、軽トラックがやってくるのが見えた。

この道で、他の車とすれ違うことはほとんどない。こんな雪の日に、ほかにも猟をしている人でもいるのだろうか。それとも、山を越えてどこかに行くのだろうか。

そう思った瞬間だった。

軽トラックが急に、ハンドルを切った。デッキバンの前に飛び出してくる。

ぼくは息を呑《の》んだ。完全にエンジンを止めてしまっているから逃げられない。

運転席にいる男と目が合った。見知らぬ男だ。彼はなぜか、ひどく驚いた顔をした。

もう一度、軽トラックが急ハンドルを切った。衝撃で車体ががくんと揺れる。

軽トラックはそのまま走り去った。

正面衝突ではない。彼はぎりぎりになって、ハンドルを切った。接触はあったが、たぶんかすめただけだ。登山靴を急いで履いて、車から降りる。

ヘッドライトが一つ壊れて、フロントがへこんでいた。たぶん、この程度ならば車は動くはずだ。

だが、彼はなぜ驚いたのか。

わざとらしい急ブレーキだった。まるで、デッキバンの前に飛び出すような。そして、ぼくに気づいて、ハンドルを切り直した。

あのままなら、正面衝突していたはずだ。

ぞっとする。もしやあの男は、大高が乗っていると思ったのだろうか。助手席にいたのが別の人間だったので驚いたのか。

もしくは、誰も乗っていないと考えたのか。雪の山で車を破損させて、動かないようにすることができれば、大高にとっては大きな被害だ。

ましてや今は夕方だ。ここから徒歩で山を下りて、家に帰るのは大変だ。

後部座席で、ピリカがガタガタと震えていた。ぼくはピリカをクレートから出して、抱きしめた。

「大丈夫だ。もう怖くないよ」

恐怖のあまり、尻尾《しっぽ》を足の間に巻き込んでしまっている。臆病な方ではないのに、よっぽど怖かったのだろう。鼻を鳴らして、ぼくの身体に頭を擦りつける。

ぼくは軽トラックが行ってしまった方を見上げた。

せめてナンバーだけでも覚えておくべきだった。

日が落ちる寸前に、大高とマタベーが帰ってきた。デッキバンの横で立っているぼくを見て、少し驚いた顔になる。

「寒いんだから、車内で待ってりゃいいのに」

ぼくは、壊れたヘッドライトを指さした。

「なにがあった」

「登ってきた軽トラックに当たられた。わざとのような気がする」

大高は険しい顔になった。

「動くか？」

「ああ、エンジンをかけてみたが、それは問題ない」

大高はしゃがんで、へこんだ箇所を確かめていた。

「悪いな。修理代は持つよ」

自分が悪いとは思わないが、大高がいないときに起こった事故だ。責任はぼくにあるはずだ。

「いや、保険に入っているし、それは大丈夫だ」

大高はマタベーを後部座席に乗せてから、運転席に乗り込んだ。車内にあるドライブレコーダーをチェックしている。

はっとした。

「記録されているか？」

「駐車中も衝撃で録画がスタートするレコーダーだから、たぶん大丈夫だ」

そういえば、大高は世捨て人のくせに、デジタルガジェットにはくわしい。もしかすると、現代の世捨て人には、そういうものが必要なのかもしれない。

「今度こそ、尻尾をつかむ」

大高は低い声でそうつぶやいて、エンジンをかけた。ぼくもあわてて、助手席に乗る。置いて行かれてはかなわない。

もしかすると、軽トラックをぶつけてきた男は、大高の家に火をつけた人間かもしれない。

悪意はある。だが、大高自身を殺そうとまでは考えていないはずだ。彼のいない家に火をつけ、そして、彼が乗っていないであろう車に軽トラックをぶつける。

もちろん、だからといって許せるはずはない。雪の日に車を破壊するのは、命に関わる行為だ。

だが、とりあえずは直接手を下していないという気持ちが、行動へのハードルを下げているのかもしれない。

幸い、車は問題なく動きはじめた。ハンドルを握りながら、大高はぼくに尋ねた。

「顔を見たか」

「ああ。たぶんもう一度会ったらわかる」

衝撃のあまり映像が頭に焼き付いている。切れ長の目をした男だった。

「明日の朝、警察に行く。もしかしたら、今度証言を頼むかもしれない」

「協力するよ」

もし、あのままぶつかっていたら、ぼくやピリカが大怪我をしたかもしれない。

男の驚いた顔を思い出した。ぎりぎりで急ハンドルを切った彼は動揺していた。少なくとも、直接人を傷つけることを避ける気持ちがあるのは間違いない。

その感情と、車をぶつける行為との矛盾が、ぼくにはわからない。


解体小屋に帰り、ピリカとマタベーにフードをやって休ませたあと、鹿を解体小屋に運び込む。

まず毛にスプレーで番号を書いて、写真を撮り、尾を切り落とす。

「これは……？」

「この写真と尾を役場に提出する。それが有害動物駆除の証拠になる」

そう言った後、大高はそっと毛を撫でた。

「有害かどうかなんて、人間の都合で決まるのにな」

鹿は鹿として、ただ生きているだけだ。有害などと呼ばれる理由はない。

だが、樹皮を剝《は》がされた多くの樹を思い出す。あれは誰かが生きる糧を得るために植えた樹だ。そしてぼくたちの生活は木材を必要とし、畑で取れる作物を必要としている。

「増えすぎて食い物がなくなると、鹿も飢え死にするしな」

大高はそう言った。

一掃するわけではない。適切な数に管理するだけだ。

子鹿をフックにかけながら、自分にそう言い聞かせる。だが、もしすべての人が命を奪うことを忌避して、鹿が増えるにまかせたら、どうなるかは明白だ。

だから、せめても殺した命は無駄にはしたくない。

雪で冷やしたのにもかかわらず、鹿の身体にはまだかすかな温かみが残っていた。命が熱を発して、それを毛皮が保つ。肉そのもののようには簡単に冷えない。

大高はナイフを砥石《といし》で研ぎはじめた。

「湯を沸かしてくれ」

そう言われて、大鍋をコンロにかけ、火をつける。

マタベーとピリカは近づかないように、ドアのそばにリードで係留してある。マタベーは諦めたように丸くなって寝ている。ピリカはしばらくそわそわしていたが、やがて諦めたように、マタベーの尻に顎をのせて寝そべった。

研いだナイフに熱湯をかけて消毒すると、大高は鹿の肛門《こうもん》のまわりを大きく削り取り、腸を引きずり出した。鳥ではぼくもやる作業だが、哺乳類《ほにゅう》となると、思わず目を背けたくなるほど生々しい。

命から、適切に管理された肉になるまでに、多数の工程がある。ぼくをはじめ、多くの人はそのことをすっかり忘れて生きている。

牛でも豚でも同じだ。食肉処理施設で、人の目に触れることはなく、行われるだけだ。

毛皮を剝ぐと、ほとんど脂肪のない赤い肉が現れる。大高は何度もナイフを消毒して、毛皮を剝いでいく。毛皮にはダニや雑菌も付着している。肉に直接毛皮が触れないように、細心の注意を払う。

毛皮を剝ぎ終わると、大高は内臓を取り出しはじめた。まず切り取ったのは、心臓、それからレバー。胃は腸と同じバケツに放り込む。

大高は、心臓とレバーを入れた袋をぼくに渡した。

「氷で冷やしてから適当に切って、調味料に漬け込んでくれ。今日はそいつを焼いて食う」

肉は熟成させる必要があるから、今日は食べられない。ぼくは冷凍庫から氷を出して、心臓とレバーを冷やした。

なんでもいいと言われたが、自宅やレストランの厨房と違って、どんな調味料があるのかわからない。

冷蔵庫を開けてみると、醬油《しょうゆ》や味噌はある。あとは塩胡椒《しおこしょう》や日本酒くらいか。

「ローリエでもあればいいんだがな」

そうつぶやくと、大高が振り返らずに言った。

「あるぞ。奥にある小さな引き出しだ」

シンクの横にある小さな引き出しを開けると、乾燥ハーブがいくつか入っていた。ローズマリーがあるから臭み消しにちょうどいい。蜂蜜《はちみつ》もあった。

レバーを触ってみると、冷たくなっている。ぼくは包丁を出して、先に心臓を切り分け、次にレバーを食べやすい大きさに切り分けた。

昨夜飲み残した赤ワインにレバーと心臓を漬け込んで、隠し味に醬油と蜂蜜をプラスし、ローズマリーとローリエを加える。

冷蔵庫にしまって、大高のそばに戻る。

彼は、ロースやヒレ肉を鹿の身体から切り取ったところだった。

「持って帰るか。いちばんうまいところだ。子鹿だから臭みも少ない」

「ありがとう。だが、店で出せるわけじゃないからいいよ」

家で料理をすることは少ない。食事もだいたい店で取るし、休みの日は勉強のために他のレストランで食事をすることが多い。材料をもらっても、もてあましてしまう。

鹿のロース肉ならば、ジビエも扱っている精肉店で手に入る。

大高は少し微妙な顔になった。

解体が終わった肉を冷蔵庫にしまう。大高は使い捨てのポリエチレン手袋を捨てると、きれいに手を洗った。

解体に使ったナイフを消毒し、台の上をアルコールで拭き上げる。

ぼく自身は解体を手伝ったわけではないのに、なぜかひどく疲れている。命と向き合ったせいで、力を吸い取られてしまったような気がする。

「夕飯にするか」

頷いたが、正直あまり食欲はない。まだ解体小屋には血と獣の匂いが充満している。ぼくの表情に気づいたのだろう。大高が言った。

「外で食うか？」

「外？」

雪はもう止んでいるが、それでも今は氷点下近い気温になっているだろう。

大高はシンクの下から、七輪と炭を取り出した。つまり、炭火で先ほどワインに漬け込んだ内臓を焼くのだろう。

「七輪を使うなら、外の方がいい」

プレハブ小屋も冷え込むし、肉を解体するためにストーブは消している。たしかに外でもそれほど変わらないかもしれない。

ぼくたちは、犬を連れて、外に出た。敷地内にある木の枝に、LEDのランタンをかけ、灯《あか》りにする。大高は火をつけた炭を七輪に入れて、網を置いた。

そこにぼくが下味をつけたレバーや心臓を並べる。すぐに香ばしい匂いが漂いはじめる。

「これは、赤ワインか……」

匂いを嗅いだだけでわかったようだ。やはり大高はもともと嗅覚《きゅうかく》や味覚が敏感らしい。

「あと、醬油に蜂蜜」

「へえ……」

火が通ったものから食べる。ニホンジカのレバーや心臓を食べるのははじめてだが、驚くほど臭みがない。これならば、塩胡椒だけでも充分おいしいかもしれない。

もともと癖がないものか、それとも今日獲ったばかりで新鮮だからか。

さきほど獲ったことを思い出すと、雪の中に横たわっていた子鹿の姿が目に浮かぶ。気持ちが揺さぶられないわけではない。だが、それはぼくが、大高が、そしてすべての肉を食べる人々が引き受けるべき業だ。

自然に上を見上げると、頭の上に星空が広がっていた。星の光が冴《さ》え冴《ざ》えと冷たい。なぜか、少し涙が出そうな気持ちになった。

大高が少し不思議そうな顔になった。

「どうした」

「いや、星がきれいだなと思って……」

大高は少し笑った。

「なにを言ってやがる」

大高は見慣れているのかもしれないが、ぼくは所詮《しょせん》、街に住む人間だ。いつもくたくたに疲れて、夜空を見上げることすらしてこなかった。

自然に口が動いていた。

「なあ、すべての人類は、アフリカで生まれたという話、知ってるか？」

「聞いたことはあるが……」

困惑したような顔で、大高は七輪の上に心臓をのせた。

「俺、その話を聞いたときに、驚いて、そして感動したんだ」

アフリカで生まれたのに、ぼくたちの先祖はこんな遠いところまで移動してきた。たぶん、長い時間をかけて、自分が住みやすい場所を探すために。

日本にきた人々は、もしかするといちばん遠い距離を歩いてきたのかもしれない。もちろん、その移動が一代でなされたとは思わない。少しずつ、少しずつ遠くへ。自分の居場所を探しに。

アメリカ大陸に渡った人類の祖先は、たぶん西へ向かうルートで行っただろう。

日本の先は太平洋だ。日本にきたグループはここが最終地点だと思ったのかもしれない。

大高は黙ってぼくの話を聞いていた。

「つまり、人類の祖先ですら、遠い場所に行く人と、その場に残る人がいたんだろうなと思ったんだ」

その場に留《とど》まる人と、遠くへ行く人。ふたつの分岐点は、その先でまた枝分かれする。アフリカ大陸からヨーロッパに渡り、そこに留まった人と、そこからまだ先へ進む人に分かれる。ロシアの大地を行く人々、もしくは砂漠の道を行く人々、あらゆる場所で、留まる人と遠くへ行く人に分かれていく。

大高はレバーをトングでひっくり返しながら笑った。

「日本までくるのは、よっぽどの偏屈だな。どこも気に入らなくてこんな果てまできた」

「いや、そうとは言えないぞ。日本にきて、『ここも合わない』と思って、Uターンして別の道を行ったグループもあるかもしれない」

ともかく、どんな局面でも、残る人もいて、旅立つ人もいる。それだけは変わらない。

大高は残る方の人間なのだろう。多くの人が、社会の進歩に振り回されている中、信念を持ってここに残る。

獣を狩り、鳥を撃ち、外で肉を焼いて食べる。そのことになんの迷いもない。

そして、たぶんぼくは、残る人ではないのだ。

日本に生まれたのに、フランスに行った。フランスで料理人を続けるという道もあったのに、日本に帰ってきた。

この先、どこに行くかはわからないが、まだ今いる場所が自分の居場所だという確信は持てない。

いつか、ここに留まろう、ここに骨を埋《うず》めようと確信できる場所まで辿《たど》り着けるのか、それともぼくのような人間は、死ぬまでふらふらし続けるのか。

大高のような人間がうらやましいと思わないわけではない。

だが、ぼくは大高のようには生きられないし、大高もぼくのようには生きられないだろう。生きたくもないかもしれないが。

人類の祖先すべてが残る人だったら、世界のあちこちに人類が散らばり、豊かな文化を持つことなどなかったはずだ。

だから、ふらふらとする人にも、それなりの意味はあるのだ。

レバーと心臓がなくなると、大高は猪肉を持ってきた。

「今日もなにも獲れなかったらと思って、解凍しておいた」

先ほど、食欲がないと感じたのに、まだ足りないし、食べられる。

星空と冷たい空気、そして炭火のおかげかもしれない。

少しだけ、街に帰るのが寂しいような気がした。

第十章　熊鍋

Cocotte d'ours

翌日の早朝、大高と別れて、帰路につくことにした。

まだ寒い早朝に帰宅する理由もなかったが、大高は罠《わな》の見回りに行くし、ひとりで大高の小屋に残っているのも、妙な感じだ。しかも筋肉痛がひどくて、山歩きはできそうもない。

ここに滞在している間は、朝五時に起きていたから、眠気は感じない。鴨の骨で出汁を取った雑煮を食べ、コーヒーを飲むと帰る準備をした。

ピリカは、大高のそばに寄ろうともしない。大高のことが好きで、よく甘えていたのに、顔すら見ないようにしている。

友人が遊びにきたときも同じだ。最初は喜ぶのに、別れ際にはひどくそっけなくなる。最初は別れを理解していないのかと思っていたが、あるとき気づいた。

別れを知っているからこそ、ピリカは距離を取るのだ。その人がいなくなってしまったときに、寂しさを感じないように。

大高にも背を向け、ぼくの後だけをついて回る。

もう会えないわけではないということを知っているのは、人間だからだ。犬は今を生きる生き物だから、未来がどうなるかなんて考えない。

「じゃあ、またな」

ピリカを後部座席に乗せ、大高とマタベーに手を振った。

「ああ、また連絡する」

また野禽《やきん》の納品も頼まなければならないし、なによりドライブレコーダーの件が気になる。

大高がマタベーの背中を撫《な》でながら言った。

「これから先のヒヨドリは美味《うま》いぞ」

「へえ」

猟期は二月半ばまで。あと二ヶ月もないが、これまでよりも美味《おい》しくなるなら楽しみだ。

鹿を獲《と》るところを見たせいか、鹿や猪を調理したいという気持ちも高まっている。

残酷でなかったとは言わないし、とても言えない。だが、ぼくはその残酷さを見据えながら、肉を食べていきたいと思っている。

一筋縄ではいかないこの肉と向き合っていきたい。

ぼくは運転席に乗り込んで、エンジンをかけた。

大高とマタベーは、その場に立ったまま、ぼくを見送った。

高速に乗って、街まで戻る。

自然に近いところで生活していたのは、たった数日なのに、車の多さや密集するビルが息苦しいような気持ちになる。

ちょうど、正月休みを終えて、日常に帰る人が多い時期なのだろう。後ろからきた車に煽《あお》られて、嫌な気持ちになる。

山を歩いているときにも、思い通りにならないことばかりだったのに、こんなに気持ちがギスギスすることはなかった。

狭い区間に密集して暮らしている上に、余裕もない。情報だけは、次々流れ込んでくる。

離れて見れば、その不自然さがよくわかる。もちろん、だからといって、ぼくが大高のように暮らすことはできない。

なにかを手に入れるためには、なにかを手放さなければならない。

大高は、それをよく知っているから、必要ないものは必要ないのだと、はっきり拒絶できるのだろう。

ぼくはどうなのだろう。

料理人として、多くの人に関わりたいと思っているし、ならば都会で生きることはぼくの大事な選択だ。

そこで押し流されないためには、なにを選び、なにを手放すべきなのだろう。

ピリカは、後部座席でぐっすりと眠り込んでいる。慣れない山歩きで、くたびれたのだろう。

ぼくも疲れてはいるが、心地よい疲労だ。

家に帰ってシャワーを浴びたら、自分のベッドにもぐり込んで眠ろう。きっとゆっくり眠れるはずだ。

明日から、日常がはじまる。


翌日、ぼくはピリカを連れて店に出勤した。

とはいえ、営業するのは明日からで、今日は営業準備のためだから、気持ちは楽だ。

普段ならブイヨン作りや素材の下ごしらえは、営業時間の合間にできるが、長く休んでしまうと一から全部やらなければならない。明日の朝からでは、間に合わない。

買い物をしてから、店に入り、ピリカをフロアに放した。

コンソメに使う牛骨を流水で解凍しながら考える。

カレイドスコープのようなレストランならば、他に料理人もいるし、下ごしらえは手分けしてできるだろう。

わざわざ前日に出勤する必要はないだろうし、たとえ出勤しても短時間で済むのではないか。

うらやましい、と思ってしまって、苦笑する。

日常に戻ったとたんに、自分を誰かと比べている。できることをするしかないことはわかっているのに、よくない傾向だ。

ハーブを掃除していると、宅配便が届いた。昨日のうちに、インターネットで子猪と鹿のロースを頼んであったのだ。

冷凍してあるが、よいものを扱っている業者だから、品質に間違いはないだろう。

これも流水で解凍する。

素材にこだわりすぎるのは、もうやめることにした。

たしかに、由来のわかったジビエを使いたい気持ちはあるし、それを手に入れるために努力はするが、最善のものが手に入らなければ、その次によいものを探せばいいのだ。

今、商品として流通しているものの中にも、充分おいしいものはある。飼育肉と比べて、肉質にばらつきがあるのもジビエの個性だ。入手先の段階で頑《かたく》なにならず、目の前の肉をおいしく調理することを考えることにする。

解凍が済んだら、肉についた脂肪や血管をきれいに掃除する。

子猪の骨付きのロースは、余分な脂肪を切り取ってロティにするつもりだ。ソースはシェリー酒を使う。

鹿の方は、この前考えたようにアロゼにして、コケモモのソースを添えることにする。

肉の下ごしらえを終えて、手を洗っていると、通用口のドアが開く音がした。

カツカツと鳴るブーツの足音でわかる。澤山オーナーだ。

「あけましておめでとう」

「あ、おめでとうございます」

慌ただしく、いろんなことがあったので、あまり正月だったような気はしない。餅《もち》や雑煮は食べたが、それだけだ。

澤山はくんくんと鼻をそよがせた。

「これ、猪？　猪、料理するの？」

さすが、ジビエ好きだけあって鋭い。

「子供の猪ですよ。あと鹿も使います」

「本当？　明日食べられる？」

「ディナーだったら大丈夫です。猪がいいですか？　鹿？」

「じゃあ、猪」

澤山はパイプ椅子を引き寄せて、座った。

「そういえば、おもしろいものがあるのを知ったの。ジビエを解体できる設備のある車よ。獲物を運ばずに、解体施設を運ぶのって発想の転換じゃない？」

それならば、大高の主義を曲げさせることもないだろう。

「高いんじゃないですか？」

「二千五百万かな」

絶句する。中古の家が買える。

「買うんですか？」

澤山は首を傾げた。

「んー、一桁《けた》少なければ即決するけど、さすがに元が取れそうもないわね」

「でしょうね」

そのあたりオーナーは冷静だ。

「だから、大高くんの小屋を、解体施設として登録するのがいちばん近道なのよね」

ブィヨンに使う野菜を縛りながら、ぼくはことばを探す。

「たぶん、大高の説得は難しいと思います」

「なんで？」

「ぼくの想像もあるんですが、もし、解体施設の認可を受ければ、ハンター仲間の獲った獲物も受け入れるしかなくなる。そこで拒絶すれば、人間関係に関わりますよね」

その結果、大高が言った通りに、人生がややこしくなるのだ。

「大高はああ見えて、世捨て人というわけではありません。お祖父《じい》さんの代から猟師をやっていて、猟師の人脈もあるし、そことうまく軋轢《あつれき》を起こさずにやっていく必要がある」

そのために、選ぶべきものと、手放すべきものがある。彼はちゃんとそれを切り離している。

「なるほどね……それは納得できるわ」

澤山は足を組み替えて考え込んだ。

「ならば、やはりジビエカーを導入するか、よそに解体施設を作るかどっちかよね。ジビエカーを共同購入できる人を探すか、ジビエ販売の会社を立ち上げて、販売ルートを確保するか」

だんだん大きな話になってきた。

「うちで出す分なら、猪や鹿は業者から買えますし、野禽は大高に頼めますからなんとかなりますよ」

「うーん……」

ぼくはブイヨンの材料を鍋《なべ》に入れて、火をつけた。手をきれいに洗ってまな板を替えてから八朔《はっさく》を剝《む》き始める。

「なに、それ、おやつ？」

「八朔のタルトを作るんです。おやつじゃないです」

よく研いだナイフで、薄皮と果実を切り分ける。柑橘《かんきつ》類を剝くのは、魚や肉を捌《さば》くような楽しさがある。

「それにしても、どうしてオーナーは、そんなにジビエにこだわるんですか。好きだというのはわかりますけど」

ぼくも好きだし、料理を提供したい気持ちと、多くの人に食べてもらいたい気持ちがある。

だが、シビアな事業家としての顔を持つ澤山オーナーが、ジビエに関してだけは、採算を度外視しているように見えるのはなぜだろう。レストラン・マレーが赤字を出し続けていても、大目に見てもらっていた。

澤山はなぜか、ぼくを睨《にら》み付けた。そのあと、大きなためいきをつく。

「あんまり話したくないんだけどさ……」

「話したくないならいいです」

「いや、やっぱり聞いてもらった方がいい」

どっちなのだ。澤山は足を組み替えて話し始めた。

「三十代のはじめ、体調を崩していたのよね。最初はなんとなく不調が続くだけだったんだけど、そのまま不眠になって、軽度の鬱《うつ》を発症して、通院したり……」

澤山オーナーのように、やりたいようにやっている人が、鬱病など意外な気もするが、それもまた勝手なイメージだ。

彼女が望む形が、社会の標準と折り合わないのなら、普通の人以上に苦労もあっただろう。

「そんな状態で、友達に誘われて行った山の旅館で、熊鍋が出たのよ」

「熊鍋？」

「そう。ツキノワグマ。最初はただ、物珍しさで箸《はし》をのばしたんだけど、とても美味しかった。おまけに食べ進めるうちに身体がぽかぽか温かくなってきて、急に元気が出てきた」

ぼくも熊は食べたことがない。脂がのっておいしいと聞くことも、臭みがあって食べられたものではないと聞くこともある。

「そこから意識して、ジビエを出してる店を探して、食べ歩いていたら、どんどん体調が良くなって、いつの間にか不眠も鬱もどこかに消えてしまっていた。あまり美味しくないものもあったから、どうせ食べるなら美味しく食べたいし、自分の店だったら、常に提供してもらって食べられると思って、シェフを探していたら、亮くんを見つけたというわけ」

「早く言ってくれればよかったのに……」

過去の病気のことを話したくないという気持ちはわかるが、ジビエのおかげで体調がよくなったという話なら、隠すようなことでもない。

「だって、自然派みたいじゃないの！　あんまり好きじゃないのよ。ノーメイクで、野菜中心の食生活をして、人工的なものを全部拒絶するようなのは」

それはそれで、個人の主義だと思うが、たしかに澤山オーナーにはそんなイメージはない。

　ぼくはジビエで体調がよくなったという実感はないが、たしかに食べた後、身体の末端まで血が通うような感覚はある。

「江戸時代は、薬喰《くすりぐ》いと言われていたらしいですしね」

　仏教の影響で、肉食を忌避する感覚があるからこそ、薬と呼んで食べたわけだが、たぶん、肉を常食するようになった今よりもずっと、血となり肉となり、滋養になる実感があったのだろう。

「そりゃあ、他にも食べられるレストランはあるけれど、常にジビエを出しているところは少ないし、予約して店に行ったら、ジビエのメニューはひとつもないってことが続いて、嫌になっちゃったのよ。それなら自分で経営した方がいい」

　そこで、自分が経営するという発想が出てくるあたりが、澤山らしいところだ。

「まあ、わたしと同じような人が他にもいるかもしれないし、ここに関しては利益だけが目的じゃない部分はあるわね。赤字は出ない方がいいけど、ジビエをなくすくらいなら、このレストランをやる意味はないのよ」

「わかりました」

　もちろん、ぼくも好きこのんで赤字を出したいわけではない。ジビエ中心のレストランを続けるにしろ、澤山にはシェフを替えるという選択肢もある。

「ぼくも、これからもっと積極的に、猪や鹿のメニューを増やすようにします。素材に関しても、品質重視で、入手経路などにはあまりこだわらないようにします」

澤山は驚いたような顔になった。

「あら、どういう風の吹き回し？」

「少し大人になったんですよ」

三十を過ぎて、大人もクソもないが、実感としてはそれがいちばん正しい。

自分の環境で最善を尽くすのが大人なのだ。


大高がやってきたのは、その一週間後だった。

クーラーボックスにはヒヨドリが十羽近く入っていた。

「今日のは特に美味《うま》いはずだ。樹に放置されたみかんを、腹がはち切れるほど食っている」

「みかんを？」

「ああ、廃業したみかん農家があって、樹がそのままになっている。そこにヒヨドリが鈴なりになっている」

そういえば、ヒヨドリの有名な料理に、みかんと一緒にローストするというものがある。みかんをソースにしたり、半割りにした果実を添えたり、シェフがそれぞれオリジナリティを出しているが、つまりは、みかんを食べたヒヨドリを、みかんと合わせて料理するからこそ、絶妙なハーモニーが生まれるのだろう。

食べるものによって、味わいが変わるのが、ジビエの魅力でもある。

「猟の結果はどうだった？」

「ああ、あれから猪も一頭獲れた。アパートに持っていったら、学生たちが大喜びしていた」

あの年代の若者たちなら、猪一頭くらい食い尽くしてしまうかもしれない。

「もうアパートに戻っているのか」

「ああ、アルバイトもあるしな」

そういえば、先日、澤山から聞いた話について、大高の見解を聞いてみたいと思った。

「なあ、ジビエを食べると体調が良くなるというような話を聞いたことがあるか？」

「そういうことを言う人間はときどきいるな。たしかに、高たんぱくだし、飼育された肉よりも脂肪分は少なくて、鉄分も多いと聞く。そういう意味では、身体にいいのはたしかだろうが、まあ、気分も大きいんじゃないかと思ってるよ。鶏や豚を食べるとき、それがもともと生き物だったと考える人は少ないだろうし、狩猟肉だと、命を食べているると思う気持ちが大きくなるんじゃないか」

意外に大高の意見は冷静だった。大高は話を続けた。

「思うんだが、現代のように決まった家畜の肉だけを食べるようなことは、人間の歴史の中でもごく最近のことなんじゃないか」

牛、豚、鶏、ときどき羊や馬や鴨も食べるだろうが、多くの日本人はこの三種類を食べ続けている。

「狩猟をしていた時代なら、猪や鹿も頻繁に食べただろうし、タヌキなどの小動物や野禽も食ったはずだ。手に入った肉を食わなければ生きていけなかっただろう」

地方によっては、虫も貴重なたんぱく源だったという。日本以外でも、東南アジアの方では虫をよく食べる地域もあるし、国によっては、もっと多様な肉を食べる。

北欧ではトナカイがごちそうだし、アイスランドでは可愛らしいニシツノメドリが名物料理とされる。

イギリスでは馬は食べないが、フランスでは安価な肉として食べられている。

そして、もちろん、宗教上の禁忌として、牛を食べない人たちや豚を食べない人たちがいる。それらの国では、羊の肉がよく食べられる。

食材として食べられる肉はたくさんあるのに、文化や好み、流通のしやすさから、現代で普段頻繁に食べられる肉は自ずと限られてくる。

「たとえば、流通する野菜が、じゃがいもとトマトとほうれん草に限られている社会があれば、その中でキャベツを食べることは身体にいいはずだし、山芋を食べれば滋養強壮に大きな効果が出るだろう。単純にそういうことなんじゃないかと思っている」

大高の言うことは理にかなっているように思えた。

猪にしろ、鹿にしろ、そのもの自体に特別な力があるわけではない。だが、多様な食材を食べることが身体にいいことは間違いない。

もうひとつ、聞きたかったことを思い出す。

「ドライブレコーダーは警察に持っていったのか？」

大高はあからさまに渋い顔になった。

「盗難車だったんだ。だから、ナンバーからは割り出せなかった。運転手の顔ははっきりと映っていたから、特定することは可能だが、ドライブレコーダーでは、単なる運転ミスのようにも見えていた。警察は積極的に動いてくれそうもない」

「だが、盗難車ということは、わざとぶつかりにきた可能性が高いじゃないか。火事のことも、そいつが……」

「俺もその可能性は高いと思うが、ドライブレコーダーに残っていたのは、あくまで接触事故の映像だからな。この時点では、殺意があるとは判断されない」

歯がゆくて、ためいきが出る。はっきりと顔までわかる映像があっても、犯人をつかまえられない。

「知らない人間か？」

大高は頷《うなず》いた。

「顔を見たこともない」

ならば、個人的な恨みではないのだろうか。個人的に恨みを持っていないのに、どうして家に火をつけたり、車をわざとぶつけたりするのだろう。

大高は、背中を丸めて考え込んだ。

「おまえ、次はいつ休みだ？」

「明日定休日だけど……」

「予定はあるか？」

「特には……」

晴れていたらピリカを連れて出かけてもいいと思っていたが、予報は雨だった。ピリカは雨が嫌いで、散歩に連れ出しても、すぐに帰りたがる。雨の日は、家で寝ている方がいいと思っているようだ。

大高は、身を乗り出してぼくを見た。

「悪いが一日つきあってくれないか？」


身支度をしていると、ピリカが恨みがましい顔でぼくを見にきた。

仕事に行くときは、諦《あきら》めたように寝ているのに、休みの日に出かけるときは、厳しくチェックされる。

朝、まだ雨が降る前、車でドッグランのあるところまで行って運動はさせたが、それでもぼくが出かけるのは気に入らないらしい。

頭をがしがしと撫でる。

「遅くならないように帰るよ」

犬を飼っていると、遅くまで遊ぶことに罪悪感がつきまとうようになる。飲みに行く回数もがっくりと減った。つきあいなどで仕方がないこともあるが、どうしても寂しそうに待つ姿を頭に思い浮かべてしまって楽しめない。

マタベーも、ピリカほどはっきりと愛情表現をするわけではないが、大高が出かけてしまうと、じっとドアのあたりを眺めて動かなかった。

携帯電話が鳴った。

「そろそろ到着する」

電話に出ると大高の声がそう言った。

今日は大高の車で出かけることになっている。車を当てた犯人のことで人と会うから、一緒にきてほしいと言われたのだ。

ぼくは大高のように体格がいいわけでもなく、喧嘩《けんか》になればなんの役にもたたないが、少なくとも目撃者になることはできるだろうし、逃げ出して警察を呼びに行くこともできるかもしれない。

まあ、とにかくいないよりはマシだろう。

窓の外でクラクションが鳴った。大高が到着したのだろう。

ドアを開けて、ピリカを見ないように外に出る。

デッキバンがマンションの駐車場に停まっていた。四人掛けの座席の上、トラックの荷台もあるという便利な車種だが、乗っている人間が多いわけではないから目立つ。車を当てた男も、大高の車だとすぐわかったのだろう。

マンションのエントランスを出て、大高の車に近づいた。助手席に乗り込む。

今日はマタベーも留守番のようだ。

「どこに行くんだ？」

「大阪、人と会う」

発車させながら言う。大阪ならそれほど遠くないが、どんな人間に会うのかわからないと緊張する。

「どんな相手なんだ？」

「おまえも一度会ったことがある」

そう言われて戸惑う。大高の知人で会ったことのある人間など数人だ。

大高はハンドルを握りながら、ふうっと息を吐いた。

「ドライブレコーダーの画像では、決め手にならないとわかって考えた。放火や車への当て逃げなら、俺と接触しなくてもやれる。だが、銃を盗むためには家の中に侵入しなければならない。原山さんの家にはドアや窓をこじ開けられたような形跡はなかった」

「空き巣じゃないのか」

「ガンロッカーもこじ開けられたわけではない。警察は原山さんが鍵《かぎ》をかけ忘れたのではないかと判断したらしいが、彼はそんなことは絶対にないと言っている。だとすれば合い鍵を作ったのかもしれない」

ぞくり、と、背中に冷たいものが走った。

合い鍵を作れるのは、身近にいる人だけだ。

「原山さんはなんて」

「仲間や身内を疑いたくはないらしい。そんなことをする人はいないと言っている」

その気持ちはわかる。

「だから、大阪に行って、原山さんの娘に会う」

「菜都美さん？」

いくらなんでも実の娘がそんな危険なことをするとは思えないが、彼女がなにかを知っているかもしれないと大高は考えているのだろう。

「ぼくが一緒に行って、なにか役に立つとも思えないけれど……」

相手が屈強な男ならともかく、彼女なら大高と争って、彼に危害を加えるようなことはないように思う。

大高はじろりとぼくを見た。

「俺はどうしても、言いたいことだけを言ってしまうから、彼女を怖がらせるかもしれない。おまえは人当たりが柔らかいから、俺の言い方がきついようだったり、彼女が不安そうだったらそう言って止めてくれ」

「なるほど。了解」

それなら役に立てるだろう。

高速に乗れば、大阪はすぐ近くだ。働いていたこともあるから、土地勘はある。

菜都美とは、梅田《うめだ》にあるホテルのラウンジで待ち合わせをしているという。

「そんな場所は慣れないから、ファミレスかなにかにしてくれと言ったんだが……そんなに気を遣う場所ではないから大丈夫だと言われた」

ホテル名を聞いて、納得する。ビジネスホテルに近いランクのホテルだから、普段着でも浮くことはないだろう。

近くの駐車場に車を止め、そこからは歩く。

大高は大きな背中を丸めるようにして、窮屈そうに歩いていた。都会に戸惑っている大きな獣みたいだと考える。

ぼくの方も、大阪を離れて長い。梅田の人混みを歩くのは、ずいぶんひさしぶりのことだ。

目的のホテルに入り、ラウンジを探す。菜都美がソファから立ち上がって手招きをした。

ぼくに気づいて、彼女は少し驚いたような顔になっていた。

「どうも、わざわざ時間を取っていただいてすみません……」

「いえ、お友達も一緒だったんですね」

彼女の顔にかすかな失望の色を感じたのは気のせいだろうか。もしかすると、大高とふたりの方がよかったのかもしれない。

「潮田と申します」

「原山菜都美です」

そうぼくに名乗った後、菜都美は大高の方を見た。

「それで、父に関する話ってなんですか？」

「原山さんの家に最近出入りしているご家族や、親戚《しんせき》の方はいらっしゃいますか？」

菜都美は質問の意味をはかりかねたように、目を細めた。それとも、本当はわかっているのだろうか。

「さあ……わたしもそうしょっちゅう行くわけではないので……」

「お姉さんの一美《かずみ》さんとは、一緒に暮らしているんですよね」

そう言うと菜都美は首を横に振った。

「今はひとり暮らしをしています。姉は結婚しましたから」

「一美さんがお父さんの下を訪ねるようなことはないですか？」

菜都美は首を横に振った。

「姉は、父を嫌っているからそれはないと思います。母が死んだのも、父のせいだと言っていましたし」

心がざわつく。つまり、菜都美の姉は、父を憎んでいる。

娘なら、憎しみを隠して父親に近づくことは可能ではないだろうか。父親も警戒などしないだろう。

「章子《あきこ》さんは肝臓癌でしたよね」

「ええ、そうです。だから、姉の逆恨みです。でも、姉の言うことにも一理あるような気も少しします」

大高は眉《まゆ》を寄せたが、ただ話を促しただけだった。

「と、言うと？」

「父は母がいるときは、家の中のことをなにもしない人だったから、母は病院に行くのを先延ばしにしていたんです。お父さんが困るからって言って。父も母の不調に気づきながら、大したことない症状だと軽く考えていました。病院に行ったときにはもう病気はかなり進行していて、治療するのが難しくなっていた。もっと早く病院に行っていれば、母は助かったかもしれない。そう思うこともあります」

彼女の言うとおりならば、父親に腹立たしい思いを抱くなと言う方が難しいかもしれない。

それでも病気になったことそのものは、父親の責任ではない。早く治療をしていれば助かったかもしれないというのも、希望的観測のひとつだ。

家族の間には複雑な感情が積み重なっている。外部の人間が話を聞いただけで判断できることではないのはわかっているが、それでも思うのだ。そこまで憎むようなことだろうかと。

男の甘えをあまり糾弾したくないと考えてしまうのは、ぼくも男だからだろうか。

菜都美は力なく笑った。

「もちろん、だからといって、父に死んでほしいなんて考えないし、謝ってほしいわけでもないです。少なくともわたしは」

「一美さんは違うんですか？」

「わからないです。わたしは姉ではないですから」

菜都美は突き放すように言った。

菜都美がそう言うからには、姉の憎しみは深いのだろうか。ぼくには理解できない。それに、もし原山と娘の確執の話ならば、大高にはまったく関係がないはずだ。なぜ、大高の家は火をつけられたり、車が狙われたりするのだろうか。

大高は一枚の写真を、ポケットから取り出して、菜都美の前に置いた。ドライブレコーダーの静止画像を印刷したものだ。

菜都美が息を呑《の》むのがわかった。

「桃谷《ももたに》さん……？」

大高は菜都美の顔をじっと見据えた。

「御存知なんですね」

菜都美は少し躊躇《ちゅうちょ》した後、小さく頷いた。

「義兄です……」

「ええっ」

菜都美は自分の携帯電話を手にとって、なにか操作をした。こちらに向けられた液晶画面には、男女ふたりが写っていた。

ひとりは間違いなく、ドライブレコーダーの男性だ。一緒にいる女性には見覚えがあった。

しばらく考えて思い出す。

大高の家が火事になった後、その近くでぼくを睨み付けていた女性ではないだろうか。

ぼくは、ごくりと唾を飲み込んだ。


菜都美と別れてホテルを出ると、大高は足を止めてぼくを見た。

「悪い。電車で帰ってくれ。俺はこの後、行くところがある」

胸がざわざわとした。どこに行くのか、問いただしたいと思った。

だが、大高は立派な大人であり、ぼくは彼の保護者でも身内でもない。どこに行こうと止める権利などない。

そう理解しながら、口が勝手に動いていた。

「当て逃げしようとした奴に会うのか」

大高は声を出して笑った。

「会うわけないだろう。警察に言うだけだ。ドライブレコーダーが証拠にならなくても、誰がやったかわかれば、そいつについて調べてもらえばいい。当て逃げだけじゃなく、放火や原山さんの銃のこともある」

そう言いながらも、目が泳いでいる気がする。

ぼくは大高の顔を凝視した。だいたい、こいつが声を上げて笑うことなんて、会ってから数えるほどしか見ていない。あまりにもわざとらしい。

「じゃあ、どこに行くんだ」

「友達と会うだけだ。危ないことはしない」

そう言われてしまうと、それ以上問い詰めることはできない。

「おまえになにかあったら、マタベーはどうするんだ」

そう言うと、大高の顔が少し歪《ゆが》んだ。寂しそうに笑う。

「俺がもし死ぬようなことがあったら、マタベーを引き取ってくれるか」

その顔を見て猛烈に腹が立った。胸ぐらをつかんで、揺さぶってやりたいと思った。

だが、これまでやったことのないことをやるのは難しい。俺は想像の中で、大高の顔を殴りつけ、そして言った。

「いやだね。あんな気むずかしい犬」

「そんなこと言うなよ。一緒に住むと、なかなかいい奴だぞ」

わかっている。もし、大高が怪我や病気で入院でもすることになれば、ぼくはマタベーを預かるだろうし、彼にもう飼えない理由ができたのなら、引き取るだろう。

だが、今それを言って、大高を安心させるのは絶対にいやだった。

「飼い主が危ないことをすると、犬が不幸になるぞ」

大高は小さく口を開けてなにかを言いかけた。だが、軽く手を振って、そのまま歩いて行く。

追い掛けて、問い詰めたい衝動と戦いながら、ぼくはその場に立ち尽くした。


一度、自宅に帰ってピリカを散歩させてから、店に向かう。

昨日、大高が持ってきたヒヨドリのことが、少し気になっていた。本当は五日ほど熟成させるつもりだったが、一羽だけでも試しに調理してみたかった。

試作だから、いちばん痩《や》せたヒヨドリを選ぼうかと思ったが、どの個体もまるまると肥えている。

秋ほど木の実は多くないと思うが、大高の言う通りみかんを食べて太ったのだろうか。

すでに人が管理していない果樹園ならば被害はないが、販売するために管理をしている果樹園なら大変だ。鳥は森の果実と果樹園の果実を区別しない。より甘くて食べやすい方を食べるだけだ。

羽をむしり、肉を切り分けたとたん、はっとした。

はっきりとみかんの匂いがする。肉に触れると、指先がかすかにオレンジ色に染まった。

脂肪にまでみかんの色素と香りが移っているようだ。これほど鮮烈な違いがあるなんて知らなかった。このみかん色のヒヨドリは、フランスでも食べたことがない。

オレンジを食べたヒヨドリとは、また香りが違う。

これはたしかにみかんのソースを合わせたくなるが、他にもなにかおもしろい組み合わせができそうだ。パッションフルーツや、食用ほおずきなどを合わせてみるのはどうだろう。

反対に、これだけみかんの香りがするのなら、サルミソースやマデイラ酒で濃厚に仕上げてみるのもいいかもしれない。濃厚なソースをかけても、爽《さわ》やかな風味が残るだろう。

今日は味見だから、炭火で焼いてみる。焼けて肉が縮んでくると同時に、ピリカがそわそわしはじめた。人間でもいい匂いだと感じるのだから、嗅覚《きゅうかく》の敏感な犬にとってはたまらないだろう。

ぼくに猟を教えてくれたシェフのロランは、絶対に鳥獣の肉を犬には食べさせなかった。獲物のいる場所を教えたり、撃った獲物を回収するのは犬にとって楽しい遊びでなくてはならないとロランは言っていた。

大高は獲った肉を犬に分け与える。どちらが正しいというわけではないのだろう。それぞれが自分のやり方を選び、その結果を自分で引き受ける。

山を歩き、鳥や獣と対峙《たいじ》することは、人間世界のルールなどなんの意味もない世界に、足を踏み入れることだ。

選択を間違えれば、そこに待っているのは死だし、そんなときに自分のルールを主張しても意味はない。自分の迂闊《うかつ》さで死にかけたからこそ、わかる。

焼けた肉を塩もつけずに口に入れる。レバーにも似たヒヨドリの旨《うま》みの向こうに、みかんの香りが感じられる。みかんのソースでこの味を活《い》かすか、それともそこからもっとイメージを広げられるか。

猟期の終わりは近いから、このヒヨドリが食べられるのも、さほど長い期間ではない。山の恵みを充分に活かしたひと皿にしたい。

考え込んでいると、携帯電話が鳴った、液晶に表示されているのは風野の名前だった。スピーカーに切り替えて電話に出る。

「はい」

「潮田？　今日定休日だっけ？」

「定休日だよ。試作のため、店にいるけど」

「ちょっと近くまできてるんだ。話があるから行っていいか？」

不思議に思う。風野の店は今日が定休日ではないはずだ。だが、特に拒む理由はない。

「ああ、いいよ。今は他に誰もいないし」

「悪い。二十分くらいで行くよ」

手を洗ってからあらためて、携帯電話を取りあげて、カレイドスコープのウェブサイトを見る。

トップページに「臨時休業の知らせ」という案内があった。

どうやら、三日前から一週間の臨時休業に入っているらしい。

入り口のドアの鍵を開けて待っていると、風野が入ってきた。

「やあ、試作中悪いな」

「いや、どうしても今やらなきゃならないことじゃないから」

家にいても落ち着かないこともあって、店に来てしまった。

風野は、匂いを嗅《か》ぎにきたピリカを撫でてやっている。

「それで、話とは？」

「ああ、そうだ。前言っていた、猪の頭のフロマージュ・ド・テットなんだけどな。あれ、気をつけた方がいいぞ」

「気をつける？」

「マダニが店で見つかってしまった。頭ごと譲ってもらって、厨房《ちゅうぼう》で解体したのがよくなかったらしい」

「ああ……」

野生の獣だから、マダニがいるのはむしろ当然だ。

そう考えると、狭くて店内で解体できなかったことはむしろラッキーかもしれない。

「嚙《か》まれたのがスタッフだったし、特にたいしたことにはならなかったから、休業して清掃しているけれど、客が嚙まれていたらもっと大変だったよ」

マダニはウイルスを持っていることがあるし、感染して重症化することもある。高齢者などでは命に関わることもあるらしい。

「じゃあ、もう猪のフロマージュ・ド・テットは作らないのか」

「毛だけ剝《は》いで、頭だけにしてくれる解体所があればいいんだが、なかなか厳しいな。いいアイデアだと思ったし、美味かったんだが」

お世辞でもなんでもなく、自然に口が動いていた。

「食べてみたかったな。風野の作った猪のフロマージュ・ド・テット」

「そんなこと言うが、一度も店にこないくせに」

どきりとした。たしかに、風野はぼくの店に食べにきてくれたが、ぼくはまだ一度も行っていない。

自分の嫉妬《しっと》を見抜かれたような気がしてしまう。苦笑いをしながら言った。

「自転車操業なんだよ。ほぼひとりでやってるし。それにこの季節は猟にも出ているから。休業日でも自由な時間がない」

それは嘘ではない。だが、どうやっても時間が作れないというわけではないのだ。

猟期が終われば、少し時間はできるが、ジビエ料理がメニューに載ることも少なくなるだろう。

話を変えるために言った。

「じゃあ、店ではもう解体しないのか」

「ああ、リスクが高すぎる。できるのは、せいぜい野禽くらいだろうな」

解体された肉を買うのは簡単だが、どんな部位でも手に入るわけではない。プロの仕事になれば、よく売れる部位のみが売られ、それ以外の部位は捨てられる。

「ジビエを解体する車があるとオーナーが言っていたけどね」

「高いんだろう。最近では、肉にも食にも興味がないのに、狩猟やジビエに絡んで一儲《ひともう》けしようとする奴が多い」

評判のいい店だけに、そういう誘いも多いのかもしれない。風野は苦々しい顔でそう言った。

「二千五百万だとか」

最高級の外車くらいするが、大きな車だし設備も備えていることを思えば仕方がないのかもしれない。

「二千五百万か……十年で減価償却するとしたら、一年で二百五十万か」

風野は独り言のようにつぶやいた。

「それを五つのレストランや料理店でシェアできたら年に五十万ずつ」

はっとした。そのくらいならばまだ現実的な数字だ。月割りで四万円ほど。もちろん、ぼくが十年間、レストラン・マレーを続けられるかどうかわからないが、オーナーはジビエにこだわっているから、話してみる価値はあるかもしれない。

「もっと関わる人数が増えれば、ひとりあたりの負担は減る。レストランや、精肉業者、ハンターなどで共同出資して、持つことはできないだろうか」

考え込む風野を見て、気づいた。

彼は料理人でもあるが、ビジネスマンでもあり、だからこそカレイドスコープは成功したのかもしれない。

「潮田はどう思う?」

「ぼくは出資できるような金は持っていないけど、うちのオーナーなら興味を持つかもしれない。ジビエに関しては、多少採算を無視しても店で出したいというのが彼女の意向だから」

風野は頷いた。

「同感だ。この先、社会として鹿や猪を食べないという選択肢はない。一般の人が日常的に調理して、食卓にあげることは難しいかもしれないが、たまに食べる美味しい肉として、もっと普及させなければと思っている」

ただ、害獣駆除として無駄に殺されていく命を、いかに有効活用するか。完全に生きる場所を切り分けることができず、駆除しなければならないのだとしたら、やはり食べることがいちばんの有効利用になるはずだ。

「ともかく、ちょっと調べてみるし、同業者にも声をかけてみるよ」

風野はそう言って立ち上がった。

もう一度寄ってきたピリカを撫でる。

「じゃあな、また」

ぼくはあわてて言った。急いで口にしないと言いそびれてしまいそうだった。

「今度は本当に行くよ。カレイドスコープの料理が食べたい」

「ああ、ぜひ電話してくれ」

風野はそう言って、店を出て行った。

夜、不安になって大高の携帯にメッセージを送った。

ヒヨドリを試食したことと、みかんの香りに驚いたことなどを送り、できれば猟期が終わるまでにヒヨドリをもっと欲しいと頼む。

しばらく待ったが返事はこなかった。

ためいきをつくと、ピリカがぼくの隣にきて、身体を押しつけた。

ピリカが笑っているような顔をしたから、ぼくは背中をがしがしと撫でる。

「大丈夫だよな。大高に限って、無謀なことをするようなことはないよな」

ピリカは同意を示すようにぼくの顔をぺろりと舐《な》めた。

翌日も、その翌日も大高からの返事はなかった。

もともと、大高は連絡がマメな方ではないし、送ったメールに返事がなかったことも何度かあるが、それでも今回はそれとは違うような気がする。

またメッセージを送りたいと思ったが、しつこいと思われるのもいやだった。彼がぼくのメッセージに必ず返事をしなければならない理由はない。ぼくたちはただの友達に過ぎないし、大高の方は単なるビジネスパートナーとしか考えていない可能性だってある。

コケモモソースを添えた鹿のローストは、品切れになるほどの注文があり、ぼくはあわてて、追加の鹿肉を精肉店に発注した。

「来週は、みかん風味のヒヨドリの料理を出しますよ」と言うと、それを楽しみに予約を入れてくれる客もいた。

前はあまり人気がなかったジビエ料理なのに、客が増えてくると同時に、他の肉料理よりも注文が入るようになった。

増えた客のほとんどがジビエ目当てだということだ。

そのことはうれしいが、大高のことを考えると素直には喜べない。

彼にもしものことがあったら、これまでのようにヒヨドリを頻繁にメニューに載せることは難しくなるだろう。

鹿や猪で、その穴を埋められるかどうかわからない。

その日は土曜日で、すべてのテーブルが予約で埋まっていた。最近では、こういう日も増えた。

夕方六時を過ぎたばかりだった。ドアが開く音がして、若葉が急いで飛んでいく。

「いらっしゃいませ」

今日は七時からと七時半からの予約が多かったのに、と思いながら下ごしらえを続ける。

「ご予約のお客様ですか？」

「いえ……予約はしていないんです」

「申し訳ありません。本日は満席でして……」

「あの……食事じゃなくて、潮田さんにお話が……」

驚いて顔を上げる。ドアの近くに立っていたのは菜都美だった。

彼女にレストランの場所を教えただろうか。

「すみません。お忙しい時間に……もし今お話が難しいようなら後で出直します」

もう下ごしらえはだいたい終わっているし、あとは客のタイミングを見計らって、料理を開始すればいい。今ならまだ話はできる。

「手を動かしながらでよろしければ、今でも大丈夫ですよ」

「ありがとうございます。助かります」

菜都美にカウンターに座るように勧めて、若葉に声をかける。

「若葉ちゃん、コーヒー出したげてくれる？」

「すみません。おかまいなく……」

恐縮したように身体を縮めている菜都美に、ぼくは尋ねた。

「ここは、大高から聞いたんですか？」

菜都美は首を横に振った。

「勝手に調べました。お名前はうかがっていましたし、フレンチレストランのシェフだということは、大高さんから聞いていたので……」

レストランのウェブサイトに、ぼくの名前も写真も載せている。検索すればすぐに見つかるだろう。

「それで……話とはいったい」

菜都美は顔を上げて、ぼくを見つめた。

「大高さんと連絡が取れなくなってしまったんです。なにか御存知じゃないですか？」

ぼくは息を呑《の》む。動揺を悟られないように無理に柔らかな顔を作った。

「ぼくも電話番号とメールアドレスくらいしか……ああ、今いるアパートも知っていますけど」

「そこ、教えてもらえますか？」

ぼくは手を止めて、携帯電話を取りだした。以前、オーナーに教えてもらった住所を呼び出す。

「ここですけど、車がないとかなり不便な場所ですよ」

そう言うと、菜都美ははっとしたような顔になった。

「免許は持っているんですけど、もう何年も運転していないので……タクシーででも行ってみます」

たしかに大阪に住んでいれば、車はそんなに必要ない。

「そもそも、最寄り駅にもあまりタクシーはこないようですし、大きな駅から行くとタクシー代もかなりかかってしまうかもしれません。もし、様子を見に行くだけなら、ぼくが行きましょうか。もし、原山さんがどうしても話したいことがあるのなら別ですけど……」

「話したいことというよりも、心配なんです。警告したいんです」

それは一美のことか、桃谷という一美の夫のことなのか。

菜都美は呼吸を整えるように胸に手を当てて話し始めた。

「姉は、ハンターのことを憎んでます。父にも何度も狩猟を止めるように言っています。遊びで生き物を殺すことは許されないと何度も言っていました。父はあまり姉の話を聞こうとはしませんでした」

胸にちくちくと棘《とげ》が突き刺さる。狩猟にはたしかに、自分の力で自然に立ち向かうようなおもしろさがある。遊びではないかと言われると、反論できない。

「桃谷さんも同じ考えで……たぶん、そういう集まりで知り合ったんでしょうけど、結婚してふたりでいることで、どんどん考えが過激になってきて……今ではなにをするかわからなくて姉が怖いんです。狩猟を止めさせるためなら、怪我くらいさせてもかまわないと考えているようで……」

だから、当て逃げをしたり、銃を盗んだりしたのだろうか。

「先日は、一美さんはお父さんを憎んでいるという話でしたけど」

「ええ、そうです。姉にとってはすべてが繋《つな》がっているんです。父の面倒をみるために、母が検査や通院を後まわしにしたことも、姉が嫌悪感を抱いている狩猟を父がやめなかったことも。だから、いつの間にか、母が癌になったことも父のせいだとしか思えなくなってしまったんでしょう。父が殺生をしたから、母が病気になったんだと思い込んでいます」

それを聞いて驚く。

「それは関係ないのでは……」

「わたしも何度もそう言いました。でも、姉や桃谷さんの中ではそれが真実になってしまって、いくらわたしが言っても届かないんです」

もともと父親に怒りがあり、その気持ちを肯定するために理屈を付け加える。そうなってしまえば、他人が言っても、耳を貸すことはない。

「大高の家に火をつけたのも、彼らだと？」

「最初は、まさかと思っていました。でも、ドライブレコーダーの画像が……」

そう。あれは害意のある決定的な証拠だ。しかも盗難車なのだから、運転ミスではありえない。

「大高さんのことが心配なんです」

「でも、彼らは大高が今住んでいるアパートを知りませんよね」

「父が……大高さんが姉の連絡先を聞いてきたと」

ぼくは息を呑んだ。まさか大高は直接対峙するつもりなのだろうか。

「父は姉のことを疑っていませんから、大高さんに姉の住所を教えてしまいました。もし、大高さんが姉に会いに行って、桃谷さんか姉が逆上したら……」

菜都美から見ると、その危険性が充分あるということなのだろうか。

「わかりました。今夜、営業が終わったら大高のアパートに行ってみます」

深夜になるが、寝ていればたたき起こせばいい。

だが、大高がもし、彼らと直接対決したいと思えば、ぼくにそれを止める方法はない。

彼を一日中見張ることなどできない。

菜都美は深く頭を下げた。

「よろしくお願いします」

頷きながらもぼくは思う。彼女を失望させてしまうかもしれないと。

大高のアパートに到着したときには、深夜一時を過ぎていた。

ここから大高と話して、自宅に帰ると、明け方近くになってしまいそうだ。今日は数時間しか眠れないかもしれない。

大学生は深夜でも起きているだろうと思った通り、アパートには灯《あか》りがついていた。鍵のかかっていない引き戸を開ける。

「夜分遅く失礼します」

出てきたのは、ぼさぼさの髪の青年だった。少し眠そうな顔で不思議そうにぼくを見る。

「はい、どなたでしょうか」

「大高の友達です。上がっていいですか？」

彼は怪訝《けげん》そうに眉を寄せた。

「大高のおっさんなら、三日前に引き払いましたよ」

思いもかけないことを言われて、ぼくは戸惑った。

「引き払ったって……どこに引っ越したか御存知ですか？」

「いやあ、知らないなあ。郵便局には転送願いを出してるのかもしれないですけど、そもそも郵便物、ほとんど届いてなかったですから。でも、そのうち一度、戻ってくると思いますよ」

「戻ってくる？」

その理由はすぐわかった。食堂から、マタベーがひょっこり顔を出した。そのままことことぼくのところまでやってきて、ふんふんと匂いを嗅ぐ。

「家が決まったら迎えにくると言ってました。まあ、ここは常に誰かいるし、大家さんもマタベーがお気に入りなので、しばらくは大丈夫ですよ」

ひどい胸騒ぎがする。

大高はぼくになんといったか。

(俺がもし死ぬようなことがあったら、マタベーを引き取ってくれるか)

そしてぼくは嫌だと言った。だからマタベーをここに置いていったのか。

マタベーは不安そうに、小さく鼻を鳴らした。大高はどこにいったのだ、と言っているように見えた。

急激に腹が立ってきた。

青年に礼を言うと、車に戻る。運転席で大高に電話をかけた。寝ていたって知るものか。

「はい……」

呼び出し音がしばらく続いた後、寝ぼけたような声が聞こえてくる。

「大高！　おまえ今どこにいる！」

「なんだ……おまえか。今何時だと思っているんだ」

「何時でも知るか。今どこにいるんだ。なぜ、マタベーを置いていった。なにをしようとしているんだ」

「そう、まくし立てるな。眠いんだ。切るぞ」

「切ってもまたかけるぞ。なぜマタベーを置いていった！　危ないことをしようとしているんじゃないのか」

呆《あき》れたようなためいきが聞こえる。

「マタベーはあそこで可愛がられている。大丈夫だ」

「大丈夫なはずあるか！」

「心配なら、おまえが引き取ってくれてもいいんだぞ」

「そういうことを言ってるんじゃない」

マタベーは大高を待っている。目だけでぼくに語りかけていた。大高はどこにいったのだ、と。

「ああ、おまえにも言わなきゃならないことがあったな」

のんきな口調で大高が言う。

「なんだ！」

「……もうヒヨドリは届けられない。自分で獲るか、よそを当たってくれ。カレイドスコープにもそう言ってくれ」

「ふざけるな！」

勝手なことばかり言いやがって。腹立たしさのあまり、空いた手でハンドルを殴りつけた。

「危ないことはするな！」

電話の向こうで大高が笑った。

「おまえも山で遭難しかけたくせに」

「それとこれとは別だ！」

遭難しようとして山に入ったわけではない。だが、今の大高はなにか覚悟をしているように思える。

「頼むから、危ないことはしないでくれ。俺も菜都美さんも心配している。マタベーも！」

かすれたような笑い声が聞こえた。

「安全なところにいろと言うのか？　危険なことなど一切せず、大人しく、ただ鳥だけ撃ってろと？」

返事に困る。「そんなことは言っていない」と言うべきか、それとも「そうだ」と答えるべきか。

ぼくが声を出す前に、大高が言った。

「俺にはそんな資格はない」

「資格?」

「何頭も殺した。何羽も殺した。俺がとどめを刺した。この前の小さな美しい鹿もだ。俺には安全圏にいる資格なんかない。俺の手は血で汚れている」

なにを言おうとしているのか、どう答えていいのかわからない。ただ思いのままに叫んだ。

「俺だって、鳥は殺している」

それだけではなく、何頭の獣の肉を食い、何羽の鳥を捌いただろう。直接とどめを刺さなかったとしても、大高の手が血で汚れているのなら、ぼくの手も同じだ。

「馬鹿なことをするな!」

そう叫ぶと、大高は答えた。

「おまえもな」

そのまま電話は切れた。あわててリダイアルするが、電源を切られてしまった。

ぼくはもう一度ハンドルを殴りつけた。

大高はなにをしようとしているのか。

第十一章　ヒヨドリのロースト みかんのソース

Rôti de bulbul sauce mandarine

何度も電話をかけ直したが、大高が携帯電話の電源を入れることはなかった。

大高の居場所さえわかれば、そのまま駆けつけて、なにをしようとしているか突き止める。それが危ないことなら、殴ってでも止める。

だが、どこへ行けば大高の居場所がわかるのか。彼の住んでいた場所に戻っても、そこで会えるとは限らない。諦めて家に帰り、明日の営業に備えて少しだけでも眠った方がいいことはわかっている。

だがわかっていても、その通り動けないことだってある。部屋に帰っても眠れないだろうし、後悔することになるのは嫌だ。

アパートから悲しげな遠吠えが聞こえる。マタベーだ。

群れで生きていた時代の遺伝子の記憶、もう犬の仲間を呼ぶ必要はないのに、マタベーは遠くにいる誰かを呼び続ける。

ぼくはエンジンをかけて、車を動かした。

車内は暖房が効いているのに、外が凍り付くように寒いことがわかる。音の伝わり方や、真っ黒に澄んだ空、遠くまで見える景色から、ぼくの脳は外の気温を判断する。肌で感じなくても推測することができる。

街を出て、ひとりになってみるとわかる。人間も動物の一種で、野性の嗅覚や皮膚感覚を持ち続けているのだと。ずっと人に飼われていたマタベーが、遠吠えで仲間を呼んだように。

京都市内では雪など降っていなかったのに、大高の家が近づいてくると同時に、道路脇に雪の溶け残りが目立つようになってきた。念のため、家を出るときにチェーンは装着してきた。

大高の家があったところに到着した瞬間に気づいた。ここに彼はいない。

ヘッドライトを装着して車から降りる。昼間降った雪が、中途半端に溶けて凍っているが、足跡らしきものはどこにもない。

いつも大高が車を停めていた場所にも、車輪の跡はなかった。古いものは雪がかき消してしまっている。

念のため、解体小屋をノックしてみたが、気配すらしない。アルミサッシの引き戸は完全に冷え切っていた。

無駄足だったが、こなければそれで後悔していた。ここの他に、彼のいそうな場所など知らない。

冷たい引き戸を撫でてためいきをつく。無茶なことさえしなければそれでいいが、いやな予感は拭《ぬぐ》いきれない。

大高はそんな馬鹿なことをする奴ではない。そう自分に言い聞かせる。

車に戻って、慎重に発車させる。時計を見ると、もう午前三時だ。帰って、少しでも眠らなければ、仕事に差し障る。

暗い道を引き返しながら、祈るように考える。この夜のことがいつか笑い話になるようにと。


結局、二時間ほどしか寝られなかったし、ピリカの早朝散歩もサボってしまった。

明け方家に帰ると、ピリカは玄関でぼくを待っていた。いつもの帰宅時間よりもずいぶん遅くなってしまった。

ボウルに入れてやったフードをがつがつ食べ終えると、ピリカはぼくから離れようとしなかった。

ぼくがシャワーを浴びている間も、バスルームの扉の前で待っていた。

磨《す》りガラス越しに見えるピリカのシルエットが愛《いと》おしくて、胸が痛くなった。

少しだけ眠って、また出て行くときも、彼女は恨みがましい顔で、支度するぼくを見上げていた。

「今日はなるべく早く帰るから」

そう言うと、ぷいっとケージの中に入って丸くなった。鼻先を自分の毛の中に埋《うず》めているのは、不満な気持ちがあるときの癖だ。

なんとか日曜日のランチ営業を終えて、ひと息つく。パイプ椅子に座って、濃いエスプレッソをマグカップで飲んでいると、澤山オーナーがやってきた。

彼女が、日曜日に店にやってくるのは珍しい。土日はだいたいデートだと聞いていた。

「ディナー、席空いてる？」

若葉は休憩に行っている。ぼくは予約台帳をチェックした。

「カウンター席一名なら空いています」

テーブルは満席だ。少し前と比べれば、かなり予約が入るようになった。

「じゃあ、そこ、わたし入るから。今日はジビエ、なにがある？」

「鹿のローストと……、あ、それからヒヨドリがそろそろいいですよ。大高が獲ってきたやつ」

大高の名前を出すと同時に、苦いものがこみ上げる。

彼は大人だ。ぼくが面倒を見なければならないわけではない。勝手にしろ。そう心で悪態をつく。

「ヒヨドリは最近、いつもあるでしょ？」

「みかんをたくさん食べたヒヨドリだから、ちょっとみかんの香りがするんです」

「へえ」

澤山オーナーの目が大きくなる。興味を持ったような顔だ。

「じゃあ、それ。一羽、手の空いたときに準備しておいて」

仕入れた食材の中にパッションフルーツがある。このあいだイメージしたソースを作ってみるのもいいかもしれない。

「それと、次の定休日、空いてる？」

「ぼくですか？」

「亮くん以外に誰がいるのよ。あ、デートのお誘いじゃないからね」

そんなことはわかっている。

「空いてますけど……なにか？」

ピリカをどこかに連れて行ってやりたいとは思っていたが、オーナーがそう言うからには仕事に関係することだろう。

「昼過ぎから出かけるから、用意しておいて、夜には終わるわ」

「わかりました」

それなら午前中、ピリカを公園に連れて行ってやれる。

カウンターに投げ出してあった、ぼくの携帯電話が鳴った。澤山に断ってから、電話に出る。

「あの……潮田さんですか？」

声を聞いてわかった。菜都美だ。昨夜は遅くなりすぎて、連絡することができなかった。

「大高さんに会えましたか？」

「それが、アパートを引き払っていて……」

電話の向こうで、菜都美が衝撃を受けていることがわかる。

「電話では少し話しました。元気そうでしたが、しばらく帰らないと」

「そうですか……どうしてわたしの電話には出てくれないんだろう」

どう答えていいのかわからない。会話の内容はとても話せない。

「でも、大高は大人だし、しっかりしていますから、きっと大丈夫でしょう」

ぼくはやけくそのようにそう言った。嘘ではないのに、口から出たことばは嘘の匂いがした。

だが、大人は自分がどうすることもできないあれこれを、そうやって呑み込むしかない。

嘘の匂いを感じたのか、菜都美はなにも言わなかった。少し黙った後、真偽を確かめるように尋ねる。

「大高さんと話したんですよね」

「ええ、話しました。今どこにいるかは教えてくれませんでしたが」

少なくとも、今、彼がどうにかなっているわけではないのはたしかだ。

「わかりました。潮田さん、もし、また大高さんから連絡があったら教えてくれますか？」

「もちろんです」

電話を切ると、自分のスマートフォンを弄《いじ》っていた澤山が顔を上げた。

「大高くんがどうかしたの？」

隠しても仕方がない。

「急にアパートも引き払って、姿を消してしまったんです。昨日、電話は通じたんですが、しばらく納品にもこられないということでした」
一、二ヶ月はこれまで大高が納品してくれたヒヨドリを客に出すことはできるが、それ以降となると、どこか別の入手先を探さなければならない。
「あら、そう」

澤山はあまり興味のない様子で、またスマートフォンに目を落とした。

そういえば、あのアパートを紹介したのはオーナーだった。

「すみません。せっかく、オーナーがアパートを探してくれたのに」

「家賃を踏み倒したわけじゃないんでしょ。なら大丈夫よ」

マタベーの世話を頼んでいるのだから、家賃はきれいに払っているはずだ。

澤山はさして興味がないような口調で言った。

「縁があれば、また会えるわよ」

そんなふうに未来を信じることができたら、どんなにいいだろう。


定休日、朝からピリカをドッグランで走らせて家に帰り、軽い昼食を食べ終えた頃、オーナーから電話があった。

「そろそろ到着するわ。支度しておいて」

ピリカは疲れてうとうとしてる。これなら留守番をさせても、ストレスを感じることはないだろう。

「出かけてくるからな」

念のため声をかけると、少し不満そうな顔をしたが、撫でてやると諦めたように丸くなる。

階下で、クラクションの音がする。オーナーだろう。ぼくはコートを着て、部屋を出た。

マンションの前に、澤山オーナーの車が停まっている。エレベーターで階下に降りて、車に駆け寄った。

「お待たせしました」

オーナーは、いつもよりスポーティな格好をしている。ぴっちりした黒のスキニーパンツと、厚底のスニーカー。珍しく地味だなと思っていると、後部座席に真っ赤なフェイクファーのコートがあった。

助手席に乗り込んで聞く。

「どこに行くんですか？」

「着いたらわかる」

軽くいなされた。とはいえ、別にスーツなどを着る必要はないし、普段着でいいということは聞いている。

特に気の張る場所に連れて行かれるわけではないだろう。

シートに身体を預けながら、外の景色を眺める。

あれから大高に何度もメールを送ったが、返信はない。送ったメールが返ってこないことだけが救いだ。少なくとも、着信拒否されているわけではない。

ずっと、マタベーの遠吠えが耳に焼き付いている。マタベーは楽しく過ごしているだろうか。大高が置いていったのだから、あのアパートの住人はマタベーを可愛がってくれているのだろう。

大高はマタベーの遠吠えを聞いただろうか。あの声を聞いてなお、あいつを置いていったのだろうか。

ふいにハンドルを握っていた澤山が言った。

「こないだ食べたヒヨドリだけどね。あれ、わたしはあんまり感心しなかったわ」

どきりとする。忌憚《きたん》のない意見を聞けるのはありがたいが、澤山がこんなことを言うのは珍しい。

「どこが駄目でしたか？」

「違うフルーツを使うことで、せっかくのみかんの香りがあんまり感じられなくなっている。パッションフルーツそのものは悪くないと思うけど……」

それはたしかにぼくも感じていた。感じながらも、オリジナリティを出したい気持ちの方を優先させてしまった。

澤山に指摘されて、ぐうの音も出ない。

「やっぱり、みかんのソースがいちばん合うのかなあ」

多くの料理人がやっている組み合わせだから、違うことをやってみたかった。だが、おいしさには調和が欠かせない。多くの人が選ぶ組み合わせにはやはり意味があるのだろう。

数学や科学ほど厳密なものではなくても、料理にもたしかに正解と不正解はある。澤山のことばは正しい。

ぼくはうなだれて言った。

「もう少し、精進します」

到着したのは、川沿いののどかな里山だった。整えられた田畑と、ぽつぽつと建つ家、いったいこんなところになにがあるのだろう。

街道を外れて、脇道に入る、しばらく走ると、急に広い敷地に出た。

三階建てほどの鉄筋の建物が間を空けて、三軒建っている。駐車場には車の姿もある。

澤山は荒っぽく車を駐車スペースに停めると、運転席のドアを開けて降りた。ぼくも慌てて後に続く。

むわっと獣の匂いがした。これほど強い獣の匂いを感じたのは、大高のところで鹿を解体したとき以来だ。

「もしかすると、解体施設ですか？」

だとすれば、かなり大規模だ。とはいえ、大高のところで獲った鹿や猪を、ここまで運んで解体するのは遠すぎる。

「近いけど、違うの」

澤山は赤いコートを羽織ると、早足でひとつの建物に向かっていった。

建物のシャッターは開いていて、中の様子が見えた。ぼくは息を呑んだ。

鹿がうずたかく積まれている。一頭や二頭ではない。十五頭はいるだろうか。強い獣の匂いと、血の匂い。

「これは……」

「害獣の焼却施設。週に四回、持ち込まれた鹿や猪が焼却される」

大高のところで、ぼくは鹿を捌くのを手伝った。美しい生き物が肉になるところを見届け、そのことに罪深さを感じた。

だがここにいる鹿は、肉になることすらない。焼かれて、そのまま骨になる。

この施設が悪いわけではない。必要があって建てられたものなのだろう。だが、胸が張り裂けそうに痛んだ。

殺しながら、食べることさえせず、ただ命を無駄に投げ捨てる。手間さえかければ、美味しく食べられるものを、焼いて骨にして捨てるのだ。

殺さなければいいという問題ではない。畑の作物も、森の木々も、それで生活している人たちがいる以上、守らなくてはならない。

山から距離を置き、街に住んでいるからといって、林業や農業の恩恵を受けていない人間はほとんどいないだろう。

「年間で、二千頭以上の鹿、一千頭以上の猪が持ち込まれているそうよ」

誰が悪いわけではない。なのに、ぼくはそこに傲慢《ごうまん》の匂いを感じ取る。

傲慢なのは、殺して持ち込む人でもなく、この施設で働く人でもない。命と食べ物を効率で簡単に切り分けてしまう社会こそが傲慢で、それにはぼくも否応なく加担している。

澤山オーナーは静かに、うずたかく積まれた鹿を眺めている。

オーナーが、なぜぼくをここに連れてきたか、少しわかる気がした。彼女は腕組みをしてつぶやいた。

「わたし、解体設備のある車、買おうと思って」

少しでも、打ち棄《す》てられる命を活かすことができるのなら。

ぼくも口を開く。

「カレイドスコープの風野も、興味があるみたいですよ。出資者を募って買えないかと気にしていました」

「本当？　じゃあ、他にも共同出資者を探すことができるかもね」

それがビジネスとして成功するかどうかはわからない。効率を考えると決して旨い儲け話ではないだろう。

それでも思う。ただ、ここに積み重ねられた死を無視することはできない。

今年の猟期も終わりが近い。

大高が納品してくれた鴨やヒヨドリのおかげで、今年に入ってからはほとんど猟に出ていない。

ぼくは駆除には関わっていないから、猟期が終わればしばらく銃を持つことはない。

ピリカと一緒に山を歩くことも減るだろう。少し寂しい気もする。

次のシーズンはどうなるのだろう。

このまま大高はもう戻ってこないのか。だとすれば、来期は自分でヒヨドリを調達しなければならない。

鹿や猪や鴨は業者に頼めば手に入るが、小鳥は入手経路が限られる。

せっかく評判もよく、気に入ってくれる客も増えたのだから、ヒヨドリの料理は来期も出し続けたい。

オーナーにああ言われてから、ヒヨドリをみかんと一緒にローストしてみた。

鮮烈な野趣と、そして完璧とも言えるハーモニー。パッションフルーツや食用ほおずきなど、小手先のオリジナリティを出そうとしたのが愚かしく感じられるほど、それは完璧な組み合わせだった。

頭で考えた相性ではない。自然が生み出した名コンビだ。

来年も、これをメニューに載せられるだろうか。そう考えると、強い焦燥感を覚えずにはいられない。

ある日の休憩時間だった。ランチの後片付けも終わり、まかない用の若鶏《わかどり》のフリカッセを皿によそっていると、若葉が話しかけてきた。

「シェフ、ちょっとお話があるんですけど」

「なんだ?」

一瞬、まさか辞めたいなどと言わないだろうな、と不安に思ったが、すぐに考え直す。

辞めるのなら、ぼくではなく、オーナーに言うだろう。

カウンターで並んでまかないを食べながら、話を聞くことにする。

若鶏のフリカッセにナイフを入れて断面の火の通り具合を確かめてから、口に運ぶ。炭酸水のグラスを片手に持ったまま、若葉がぼくの方を向いた。

「わたしね。趣味が違法サイトの通報なんですよね」

思わず咳《せ》き込みそうになる。いきなり物騒な話になった。ぼくはナプキンで口を拭った。

「違法サイトって、どんな……」

「電車の中や階段で、女の子のスカートの中を盗撮した写真を載せてたり？　あとは、風俗嬢の盗撮依頼とか、睡眠薬の違法販売サイトとか？　そういうのを探して、プロバイダに通報したり、警察に通報したりしてます」

そんなものがあるとは知らなかった。

「通報したら消えるのか？」

「時と場合によります。プロバイダが海外だったりすると、なかなか難しくて。でも、やらないよりもいいかなと思って」

若葉はぼくを睨み付けた。

「そんな変人を見るような顔で見ないでください。男の人は実害がないから、見て見ぬ振りをする人が多いけど、実際に盗撮されてネットに上げられてしまったせいで、ずっと怯《おび》えている友達もいるんですよ。睡眠薬の販売サイトも、そういうところで買ったものを、クラブなどで女の子の飲み物に入れる人もいるんですから」

彼女のことばは、ぐさりと胸に刺さる。たしかにそういう被害を、どこか遠いものだと考えてしまっている。

だが、それが若葉の話したいことなのだろうか。

若葉はポケットからスマートフォンを取り出して、ぼくに画像を見せた。

「これ、大高さんですよね」

粗い画像に写っているのは、たしかに大高だった。スーパーの買い物袋を下げて、見たことのない場所を歩いている。

「ああ……でも、この画像は」

「このサイトに上げられていたんです」

今度はインターネットブラウザの画面をぼくに見せる。そこにはこう書かれていた。

殺戮《さつりく》者の居場所を晒《さら》すスレッド。

ぼくは息を呑んだ。

「なんだ……それ」

「過激な狩猟反対のグループが集まってる掲示板らしいです。大高さん、今は大阪の南部にいるそうです」

「住んでいる場所までわかるのか?」

若葉は頷いた。

「住所が載せられています。アパートの部屋番号まで」

それは危険ではないのだろうか。なぜ、そんなものが取り締まられることなく、存在しているのか。

「過去のスレッドも掘ってみたんですが、大高さんがもともと住んでた場所の住所もここに晒されているみたいです」

だとすれば、それも放火の引き金になったのかもしれない。思わず言った。

「住所、わかるのか？」

「メモってきました」

若葉に差し出されたメモを受け取る。危険があることを一刻も早く、彼に伝えなければならない。

営業が終わると同時に、車に乗り込んだ。

シートベルトを装着しているとき、運転席の窓を、若葉がノックした。

「わたしも一緒に連れてってください」

思いもかけないことを言われて、驚いた。

「もう遅いし、若葉は帰った方がいい」

今から出かけると、帰る頃には確実に日付が変わっている。店は明日も営業だし、予約が入っているから休めない。

「キャバ嬢だったので、夜は強いです。それにシェフより若いですし」

「そういう問題じゃない」

「それに、大高さんに会えたとしても、なんて説明するんですか？　このままじゃ大高さんのストーカーみたいじゃないですか」

「誰がストーカーだ」

だが、たしかに頭に血が上っている自覚はある。このまま大高と会っても、口論になってしまうかもしれない。

黙っていると、若葉は勝手に運転席のドアを開けた。

「はい、助手席に移動してください」

「えっ、なんで？」

「シェフが寝不足だと、料理のクオリティにも関わってくるので、わたしが運転します。助手席で寝ててください」

ぼくを助手席に押しやると、若葉は当たり前のようにエンジンをかけて、ハンドルを握った。

「運転免許持ってたっけ……」

「持ってますよー。車が欲しくて夜職やってたんですから。ちなみに愛車はランクルです」

だとすれば、相当の車好きだ。ぼくは大人しく運転をまかせることにした。

帰りが遅くなることを考えると、到着するまで少し眠った方がいいのかもしれないが、神経が張り詰めていて、眠れそうにない。

受け取った住所のメモを確認する。行ったことがないが、大阪南部の奈良に近い場所だ。

ここならば、山もあるし、狩猟免許さえとれば、狩猟もできるのかもしれない。だが、なぜ大高が引っ越したのか、理由がわからない。

危害をくわえようとする者から逃げたのならいい。身を隠しているのなら、ぼくからの忠告は、別の場所を探せということだけだ。

だが、なぜマタベーを置いていったのか。ただ、ペット可の引っ越し先を探すのが難しいというだけの理由なのか。

どうも納得ができない。

顔を横に向けて、若葉に尋ねてみる。

「その裏サイトには、どうやって、大高の居場所を見つけたと書いてあるんだ？」

「大高さんの車が、アパートの駐車場にあったと……デッキバンですよね」

どこにでもある車種ではない。駐車場に置いてあれば目立つはずだ。しかも、大高に危害を加えようとする者は、大高のナンバーも知っている。

もし、身を隠すのなら、真っ先に替えるべきは車ではないのだろうか。マタベーを置いてくるのではなく、車を置いてくるべきだ。

高速に入る。夜遅いせいか、渋滞もなく、スムーズに車は走る。

そういえば、菜都美に連絡をした方がいいかもしれない。ぼくは携帯電話を取りだした。十一時を過ぎているが、まだ起きているだろうか。

二度の呼び出し音の後、電話は取られた。

「潮田さん？」

「夜分遅くにすみません。大高の家がわかりました。今、向かっているので、たぶん会えると思います」

「どこですか？」

彼女はぼくのことばを遮る勢いで尋ねた。

「富田林《とんだばやし》の近くです」

菜都美が息を呑むのがわかった。

「どうしました？」

「姉の家もそのあたりです」

携帯電話を握る手に、じわりと汗が滲《にじ》んだ。

大高は、桃谷夫婦の住所を、原山から聞き出したと菜都美は言っていた。そして、わざわざその近くに引っ越して、目立つ車をアパートの駐車場に置いた。

はっきりと理解する。これは挑発だ。

物損だけでは警察を動かせなかったから、相手にもっと決定的な行動を取らせようとしているのか。

だが、間違いなく大高自身が危険な目に遭う。

(安全なところにいろと言うのか？)

大高の声が頭に蘇《よみがえ》ってくる。

(俺にはそんな資格はない。何頭も殺した。何羽も殺した。俺がとどめを刺した。この前の小さな美しい鹿もだ。俺には安全圏にいる資格なんかない。俺の手は血で汚れている)

たとえ、そうでも、生き物は身を守る。生きようとする。

そう、殺し、食べるのは生き延びるためだ。ぼくたちは、殺した命に責任がある。彼らを殺してまで生きようとしたのだから、なんとしても生き延びるべきだ。

「わたし、姉に電話してみます」

「よろしくお願いします」

そう言って電話を切る。

ハンドルを握っている若葉がこちらを見た。

「どうかしましたか？」

「たぶん、主犯の家がその近所にある。大高は知っていて、その近くに引っ越している」

若葉は目を大きく見開いた。

「身体張りますねえ……」

無茶なことを考える。ぼくはぎりぎりと歯を食いしばった。

「どうします？　行きます？　わざとやってるなら、止められないかも……」

「絶対に止めさせる」

若葉はなぜか、くすりと笑った。

「了解です。シェフ」

真夜中でもきらびやかな大阪の街を通りぬけると、急に闇が深くなる。

時刻が十二時を越えたせいもある。道路脇に建つビルがまばらになり、住宅や工場らしき建物が続くようになる。

これを過ぎれば、住宅の姿も減り、田畑や山が多くなっていく。見慣れた日本の風景だ。

若葉の言うように眠った方がいいのはわかるが、まったくそんな気になれない。

若葉は途中のコンビニでコーヒーを買っただけで、疲れた様子もなく、運転を続けている。

携帯を手に取り、大高の番号を押した。

たぶん、また出てもらえないのだろう。そうわかっているが、なにもしないでいると、いやな想像に飲み込まれてしまいそうだった。

呼び出し音が、静寂の中に響く。その電子音は彼に繋がっているはずなのに、彼はそれを無視し続けている。

勝手にしろ。心の中でそう叫びたくなる。

若葉が一緒でなければ、Uターンして、家に帰りたくなっていたかもしれない。ピリカに寂しい思いをさせてまで、ぼくはなにをやっているのだろう。

続く呼び出し音にうんざりして、電話を切ろうとしたときだった。

「はい……」

大高の少し寝ぼけたような声がした。

「大高、俺だ。潮田だ！」

携帯電話なのだから、わざわざ名乗らなくていい。そうわかっているのに、大声を出してしまった。

「ああ、おまえか……タイミングのいい奴だな」

「なにがだ！」

若葉がちらりとこちらを見る。電話が通じたことは聞いていればわかるだろう。

「ちょうどよかった。救急車呼んでくれ。怪我をしている。えーと……住所は富田林市

「……」

ぼくは手の中にあるメモを読み上げた。大高が笑う気配がした。

「なんだ、知ってるのか。油断も隙もないな」

「怪我をしたのか！　大高！」

電話が切られる。ぼくは舌打ちをした。

若葉は「どうしたんですか？」とは聞かなかった。彼女のこういう勘の良さにはいつも助けられている。

そのまま119に電話をする。大高の住所を告げ、怪我人が出たらしいから救急車を呼んでくれと頼まれたと話す。

救急車は十分ほどで向かうと言った。

電話を切って、若葉に尋ねる。

「あと、どのくらいで到着する？」

若葉はナビを確認した。

「二十分くらいですかね。飛ばします？」

そう言うと同時に、アクセルを踏み込んだ。尻《しり》が浮き上がりそうな衝撃に襲われて、小さな声が出てしまった。

若葉はスピードを上げて、道路を走った。対向車も少ないし、危険は感じないが、制限速度は守ってほしい。

高速を降り、一般道を走る。夜の空の手前に、真っ黒い山がそびえ立っている。

大高に何があったのだろうか。ひどい怪我をしていなければいい。会話ができる程度とはいえ、足や腕にひどいダメージを受けている可能性もある。

ナビの画面に目的地が表示される。もうすぐだ。

そのとき、対向車線を救急車が走ってくるのが見えた。サイレンを鳴らしながら、ぼくの車の横を通り過ぎる。

救急車が到着すると言った時間の直後で、目的地は目と鼻の先。あの救急車には大高が乗っているはずだ。

「若葉、あの救急車を追ってくれ！」

「了解！」

大高が緊急手術にでもなって、携帯電話を手に取ることができなければ、彼がどこの病院に運ばれたかもわからなくなる。今は救急車を追った方がいい。

ハンドルを回しながら、若葉は楽しげに言った。

「なんか、カーチェイスの映画みたいですね」

さきほどの大高の声を聞いてしまうと、そんなのんきなことは考えていられない。

深夜の追跡は、さほど困難ではない。信号に引っかかっても、道路を走る車自体が少ないから、先の方まで見える。

十分ほどで、ぼくたちの車も総合病院に到着した。もしかしたら、かなりのスピードが出ていたかもしれないが、あまり考えないようにする。

救急車から、ストレッチャーが下ろされている。

「大高！」

声を上げて、救急車に駆け寄った。

「友達なんです。通してください」

看護師たちに付き添われて病院のドアをくぐるストレッチャーを追い掛けた。

「大高、しっかりしろ！」

そう叫びながら、かすかな違和感を感じていた。

大高にしては、あまりにも細く、小柄ではないだろうか。このストレッチャーに大高が寝たら、足首から先がはみ出してしまうはずだ。

速度を上げて横たわっている男の顔をのぞき込む。

そこにいたのは、大高ではなかった。


病院のロビーでぼくは立ち尽くしていた。

車を停めたらしい若葉が追い掛けてくる。

「大高さん、どうでしたか？」

ぼくは首を横に振る。

「大高じゃなかった」

「えーっ」

若葉が呆れたような声を出す。

「じゃあ、まったくの人違い？」

「いや……桃谷だ」

「桃谷さん？」

若葉はその名前を知らない。ぼくは忘れない。山の中で、ぼくが乗っている車に正面衝突しようとしてきた男だった。


大高のアパートの前には、パトカーが止まっていた。

警官が数人、写真を撮ったり、住人と話をしたりしている。その中にひときわ大きい大高の姿を見つけた。

「大高！」

呼びかけると、彼は驚いたような顔で、こちらを向いた。

「おまえ……ずいぶん早いな？」

そう言った後、話していた警官に説明する。

「友達です。救急車を呼んでもらいました」

どうやら、大高には怪我はないようだった。安堵《あんど》のあまりへたり込みそうになる。

警官は、大高との話を終えると、他の警官となにか相談をはじめた。

大高はにやにや笑いながら、こちらを見た。

「いったい、どんな魔法を使って、飛んできたんだ？」

「そんなことより、いったいなにが！　桃谷は……どうして怪我を」

大高の目がまた丸くなる。

「桃谷のことまで知っているのか？　どうして？」

それを説明するのは簡単だが、それよりも大高になにがあったか聞きたい。

後ろから、若葉が声をかけた。

「シェフ、大高さんが怪我をしたんじゃないかと勘違いして、病院に行ったんですよ」

「そうなのか？　それは悪かった」

謝ってほしいわけではない。ぼくは呼吸を落ち着けてから声を出した。

「なにがあったんだ」

「あいつが二階の窓から、俺の部屋に侵入しようとした。車がなかったから、俺が留守だと思ったらしい。だが、俺は部屋にいたから、窓から顔を出した。それで驚いて、窓から落ちたらしい」

「なんで、ぼくに救急車を呼ばせた！」

「介抱している最中に、おまえから電話がかかってきた。ちょうどよかったから呼んでもらった。それだけだ」

力が抜ける。そういえば、大高は自分が怪我をしたとは言っていない。

「でも、おまえは京都にいるのだとばかり思っていたよ」

「こっちにくる途中だったんだよ。おまえの住所がわかったから」

「そうか。悪かったな」

あまりに素直に謝られて、かえって居心地が悪い。

「菜都美さんが心配していたんだぞ」

そう言うと大高は微妙な顔になった。若葉はなぜかぼくの背中をドンと押した。

「シェフもすごく心配していたんですよ」

「そうか……すまない」

「マタベーも待ってるぞ」

照れ隠しにそう言うと、大高は頷いた。

「ああ、明日迎えに行く」

桃谷は、軽傷だったと聞いた。

だが、大高が仕掛けた監視カメラに、彼が二階の窓から侵入しようとした画像がしっかり残っていた。

彼らは、大高のガンロッカーの鍵を壊し、猟銃に細工をするつもりだったという。

以前のドライブレコーダーの画像や、放火の疑いの件も再捜査されるらしい。

原山氏の銃の盗難も、一美が実家に帰ったときに、ガンロッカーの合い鍵を作ったらしい。

ふたりが、どれほどの罪になるのかはわからない。

だが、彼らの考えを変えさせることが簡単にできるとは思えない。憎しみを向けられた側がこの先、どうやって生きていくのかも。

刑務所に入れば、少しは安心できるのかもしれないが、執行猶予がついたり、最悪無罪で終わる可能性だってある。刑期がついたとしても永遠ではない。数年で出てくるはずだ。

憎しみを向けられた人たちが、安らいで眠れるようになる日はくるのだろうか。

大高に尋ねることはできない。

彼はあれからまた、姿を消してしまった。マタベーを連れて。

猟期が終わり、春がきて、異常に暑い夏が通り過ぎ、そしてまた秋がくる。

休みがくると、ぼくは大高に言われた通り、ピリカと共に山を歩く。

最初は、他の生き物に興味を示さなかったピリカなのに、いつのまにか、鳥の羽ばたきに耳をすませるようになり、やがて、鴨やヒヨドリのいる場所を、ぼくに教えるようになった。

この季節は、山に生えるきのこや、ヤマブドウや、コケモモなども穫る。使えるものは店のメニューにも使う。

山道を踏みしめ、歩くとき、ときどき大高のことを考える。彼の歩き方、教えてくれたこと、一緒に過ごした時間は、すべてぼくの身体に宿っている。

まるで、みかんを腹一杯食べたヒヨドリみたいだ、などと思う。

みかんを添えなくても、肉からはみかんの匂いがするように、ぼくの身体には大高に教えてもらったいろんなことが染みついている。

ただ、彼がいないだけだ。

オーナーは、自分でメーカーに注文し、解体処理設備と冷蔵システムを備え付けた車を造り上げた。採算が取れるのは、いつになるかわからないと言うが、風野や、カレイドスコープとつきあいのあるハンターたちとも契約し、小売りとしてジビエの販売をはじめている。

インド料理店の方で出し始めたジビエカレーが大当たりしたため、滑り出しは順調らしい。

ぼくもオーナーから仕入れた鹿や猪をメニューに載せる。

子猪の頭を煮込んで作ったフロマージュ・ド・テットも好評だ。ジビエ料理の中でも爽やかな味わいがあるものだから、夏場の注文も多かった。
近い土地で獲れた猪や鹿を、継続的に店で出せるようになった。大繁盛とはいかない
し、カレイドスコープのようにグルメ雑誌で大きく扱われるようなこともまだないが、
とりあえず、お客は安定して入るようになった。
なにもかもうまくいっている。
それなのに、ぼくはここにはいない人間のことをときどき考える。
また猟期がめぐってくる。

ぼくは、その日、若葉と一緒に今期はじめての猟に出た。

彼女と特別な関係になったというわけではまったくなく、ぼくの車が不調で、猟に行
けないという話をすると、運転手としてつきあってくれることになったのだ。

「オフロードも全然行けますよ！」

彼女はそんなことを言うが、オフロードを走るようなことはないだろう。

後部座席にピリカのクレートと散弾銃のケースを置き、助手席に乗り込む。

「どこに行きますか？」

ぼくは少し考え込んだ。

またヒヨドリを撃ちに行った方がいいのだが、せっかく、ひさしぶりの猟に出るのだ

から、もう少し夢のあるものが追いたい。

ふいに思い出した。そういえば、大高とはじめて会った日、ぼくはヤマドリを探して、山に足を踏み入れたのだ。

あれから、山は何度も歩いた。ヘッドライトも非常食も持ってきているし、今日の天気予報は一日中晴れだ。

しかも連れもいるから、ひとりで山に入るわけではない。

「ヤマドリを探しに行くかなあ……」

もちろん、ヤマドリは簡単に獲れるような鳥ではないし、もし、運良く獲れても、日本の法律では販売したり、レストランで出すことはできない。

それでも手の届かないものに手を伸ばしたくなるのが、人間というものだ。

しばらく山を歩いて、なにも見つからなければ、ヒヨドリを狙うことにしてもいい。

若葉がランドクルーザーを発車させる。

ぼくは助手席に身を預けて、窓の外を見た。

しばらく居眠りをしてしまっていたらしい。目が覚めたときには、車は大高の家の近くまできていた。

解体小屋はどうなったのだろう。帰りに少しのぞいてみてもいいかもしれない。

山の途中で、車を停めて降りる。クレートから出してやると、ピリカはふんふんと空気の匂いを嗅いで、笑ったような顔になる。

ひさしぶりの山がうれしいようだ。

散弾銃のケースを肩から背負い、ぼくは山道を歩き出す。ピリカは軽やかな足取りで、ぼくについてきた。

山歩きなどしないという若葉も、息も切らさずに歩いている。普段から運動をしているのだろうか。

「気分いいですねえ。わたしもやってみようかな。狩猟」

感化されやすいのか、そんなことを言っている。

「最近は、女性も多いらしいよ」

「そう聞きますよね。自分の食べるものが獲れると、失業しても、とりあえず生きていけるしなあ」

歩き続けていると、身体が熱を持つ。十一月だというのに、額に汗が滲みはじめる。

ふいに、ピリカが足を止めた。なにかを見つけたように、空気の匂いを嗅ぐ。

「どうした？　なにかいるのか？」

ピリカの尻尾が揺れる。なにか楽しいものを見つけたみたいに。

鴨や雉《きじ》なら、ポイントして教えるはずなのに、ピリカはたっと走りはじめた。

「おい、ピリカ！　戻ってこい！」

そう言うと、ピリカは足を止めて、こちらを見た。だが、その顔はこう言っていた。

(どうして一緒にこないの？)

しつけのためには、呼び戻した方がいい。だが、ここは山だ。聴覚も嗅覚も、ピリカの方がずっと優れている。彼女がぼくを呼ぶのには、理由がある。

ぼくは、足を速めて、ピリカを追った。若葉も続く。

ピリカは、ときどき振り返りながら楽しげに歩く。ぼくをどこかに連れて行こうとしているようだ。

前方の笹の藪《やぶ》ががさりと音を立てて、なにかが動いた。

ぼくははっとした。猟銃のケースに手をかける。猪ならば、危険もある。

藪の中から顔を出したのは、黒い日本犬だった。冬毛でむくむくになっている。マタベーにそっくりだ。

「マタベー？」

思わず呼びかけると、マタベーは少しこちらを見た。だが、ぼくを無視して、ピリカと匂いを嗅ぎ合う。

その仕草は間違いなくマタベーだ。二歳を過ぎてピリカは、知らない犬にあまり気を許さなくなった。

マタベーがいるということは、その飼い主もいるのか。きょろきょろしていると、声が聞こえた。

「おーい、マタベー。どこにいる」

大高の声だった。ピリカが声のする方に走り出す。マタベーもその後に続く。今度はぼくも躊躇なく犬たちを追い掛ける。

斜面の中腹に、大柄な男が立っているのが見えた。

ピリカが走って行って、彼に飛びついた。

「おお、またおまえか！」

大高はピリカの頭を撫で回した。

「元気か？　立派な猟犬になったか？」

「さあ……、まだなにも獲ったことはないけど……」

息を切らしながら、そう言うと、大高はやっとぼくに気づいたように顔を上げた。

「ああ、おまえもいるのか」

当たり前だ。ピリカが一頭で山にくるはずはない。

「わたしもいますよ」

若葉がはしゃいだような声を上げる。

「おお、大島さん、ひさしぶりだな」

ようやく呼吸を整えて、ぼくは尋ねた。

「いったいどこに行ってたんだ！」

こんなに長い間、連絡もせずに。そう続けようとしたが、大高が答えた。

「九州だ」

「九州？」

「そう、猪撃ちの名人がいると聞いていた。連絡先を知ったから、弟子入りしてきた」

「弟子入り……？」

「そう。すごいぞ。犬を訓練して、GPSを使い、猪の寝床を発見させて、寝ているところを撃つんだ。マタベーも猪を見つけられるようになった」

たしかにそのやり方なら、犬で猪を追い込む巻き狩りより、犬が怪我をすることは少ない。

「罠で獲るよりも、猪も苦しませない。肉質も悪くならない」

そう言った後、大高は小さく咳払いをした。

「まあ、レストランで出すなら、うちの解体小屋ではなく、どこか解体施設に持ち込まなければならないが……」

ぼくは笑った。

「そっちはもう解決したんだ」

ひさしぶりだから、話したいことは山ほどある。

大高は変わらない人間だと思っていた。だが、今いる場所から一歩も動かないわけではないのだ。

ぼくは少し考える。

もしかすると、少しだけ大高に影響を与えることができたのだろうか、と。

この冬も、あのみかんの香りがするヒヨドリと会えるかもしれない。

解説

坂《さか》木《き》 司《つかさ》（作家）

人間は生きている以上、食べることから逃れることはできない。そして食事のたび、取捨選択を迫られる。「何を食べる」か「どう食べる」か、あるいは「誰」と「どこ」で「いつ」。自分の体調や財政事情、あるいはそのときに立っている場所などで、選択肢は変わる。『みかんとひよどり』は、ジビエを挟んでその取捨選択に向き合い続ける人々を描いた物語だ。

まず大前提としてジビエとは何か、を書いておきたい。単語の基本的な意味は野生の鳥獣を指すフランス語。野生の肉という意味で、畜産肉との対比的に使われることもある。

もういきなり、ここで私たちはひとつの問題を突きつけられる。畜産肉が流通している現代で、ジビエを扱う意味とは？

答えは、いく通りもある。例えば本作の主人公であるフレンチのシェフ、潮田《しおた》が語る「そこで生きていた命」を「ひとつの皿の上に表現したい」というクリエイターとしての興味。その潮田のレストランのオーナーである澤山《さわやま》の「おいしい」、あるいは「体調が良くなる気がする」という身体的な効果。そして潮田が出会う孤高のハンター大高《おおたか》が語る「人生を複雑にしたくない」から、山に住んで獲って売って食べる、という姿勢。他にも潮田の同業者である風野《かぜの》のように、珍しい商品として商売人の目線で興味を持つ人もいるだろう。

ここで立ち上がってくるのが、なぜジビエに関してはこのような「言い訳」が必要になるのかという部分だ。これを魚類に置き換えると、その非対称性が明らかになる。畜産業者に近い養殖業者とハンターに近い漁師がいて、しかし漁師の水揚げは量的にも扱い的にもジビエ的ではない。ではジビエにあたるのは何かと言うと、個人の釣り人の釣果ではないだろうか。例えば天然の鮎が解禁になったとき、それを一皿の料理として表現する板前は多いだろう。それをおいしいと思い、初物は寿命が伸びると言いながら食べる人もいるだろう。もちろんそれは商売になるし、孤高の釣り人もいるかもしれない。しかし彼らは、ジビエをめぐる人々よりも責められない。それは日本人が魚食、ひいては海産物食において非常におおらかな視線を持っているからだ。

魚食が当たり前ではない国から見れば、稚魚であるシラスを食べることは「もったいない」という視点がある。育てればもっと大きな魚体になって、たくさんの人が食べることができるのに、という理屈だ。私たちは、それと同じような視点をジビエに関して持っていないだろうか。ただ「おいしいから」捕るだけでは許されない何か。釣り竿には感じない不穏さを、猟銃から感じ取ってしまう。

肉食文化の歴史が浅いといえばそれまでだが、実のところは魚類よりも鳥獣の方が、私たちに近い見た目を持っているからというのが理由かもしれない。物語の最初の方で顔の見えない人物から発信された「野生動物を殺して食べるなんて、残酷だ」というメッセージは、そんな感情的な部分の発露ではないだろうか。なら翻って問いたい。野生の魚を釣って食べても、この人物は同じメッセージを送るのか？

命を等しく見るなら、そこに矛盾が生まれる。

飼っている小鳥と、撃たれた小鳥。山に連れて行く犬と、そこに横たわる鹿。同じ四足歩行の哺乳類。それを見た潮田はその二者の間に「どれほどの距離があるのだろう」とつぶやく。

その疑問を確かめるように、物語は二つのものごとの間で揺れ動きながら進んでゆく。山と都会。フリーランスと被雇用者。個人と団体。自然と人工。近藤《こんどう》さんの筆が滑らかすぎて気がつきにくいが、この物語には人生で出会う普遍的で哲学的な問題が数多くちりばめられている。

人物もそうだ。大高は情報を遮断しつつもスマホを使用し、潮田は一度店を潰した雇われの身でありながら自分を曲げられない。そして一番強烈なのが表題になっている「みかんを食べたひよどり」で、これこそが最大の二項対立と矛盾を孕んでいる。

作中では潮田がみかんとヒヨドリを「自然が生み出した名コンビ」と表現しているが、そのみかんは人工的に交配を重ねて生まれた品種であり、しかも廃棄された果樹園に残る果実なのだから、人工の果ての産物といっても過言ではない。人工的なみかんと自然の中に生きるヒヨドリ。そこに「自然とは何か」という一番大きな疑問が生まれる。

自然という言葉には、いく通りかの解釈がある。「人の手が加えられないもの」ととれば前述の名コンビは成立しないが、「人間を含めたこの世のあらゆるもの」ととれば成立する。そう、この問題のポイントは人間を自然に含めるのかどうか、なのだ。

命を等しく見るなら、鹿と犬の延長線上に人間もいる。

では命を等しく見た場合、食物にさえならない害虫はどうだろうか。ノミやゴキブリを殺すことを「残酷だ」と叫ぶ人々はいるだろうか。実験動物の猿やラットに対して同情心を持っても、飛べなくしたハエの遺伝子解析実験に心を動かされないのはなぜなのか。

矛盾は、どこまで突き詰めても矛盾のままだ。しかし考え続けなければいけない。

それを近藤さんは、読みやすくておいしそうな物語の皿に載せて問い続ける。

さらに近藤さんの筆が恐ろしいのは、大きな前提条件をさらりと物語の背後に隠していることだ。それは登場人物たちが「食を選ぶことができる」立ち位置にいること。

例えば与えられるものを食べるしかない子供。あるいは経済的な苦境にある人。病気などで食に制限のある人。食を主体的に選択するということは、実はその人物が健康である程度自立していなければ不可能なことなのだ。そして選ぶ立場の人間には、ある種の責任が生じる。なぜなら何かを選ぶということは、何かを主体的に選ばない――つまり「捨てる選択」をしているからに他ならない。それを相殺するためにもフードマイレージや地産地消、SDGsといった食に対する能動的なアクションが必要になるのではないだろうか。

そうしたことを体現しているのが、自分の好きな料理を食べるために潮田の店を作ったオーナーの澤田であろう。澤田はバイセクシャルのポリアモリーだと公言していて、その立ち位置こそがこの物語のブレイクスルーを担っている。どちらの性ともつきあうことができて、複数人との同時交際も可能。澤田は、二つどころではない世界を軽々と越境して生きている。自由に伴う責任。その澤田が選ぶ道の先に何があるか。そして潮田と大高はどんな選択をし、どんな世界を見るのか。さらにはどんな新しい料理が生まれるのか。結末はぜひ、読んで確かめていただきたい。

何よりこの物語は、問題定義以前にとても面白いのだから。

おまけ

というわけで、ここからは個人的なファンの感想です。まず最初に近藤さん、相変わらず美味しそうすぎます！　ラズベリーマスタードって何ですか。調べてみたら、マスタードシードのプチプチとラズベリーの種がプチプチしててすごくおいしそうなんですけど。あと肉、というかヤマシギとヒヨドリが食べてみたい！　特にみかんヒヨドリ！　どうしてうちの近所には『レストラン・マレー』も『ビストロ・パ・マル』も『カフェ・ルーズ』もないんですか。

それから、体力もないのに山に行きたくなります。きんと冷えた空気が吸いたくなります。いないのに、犬を連れて行きたくなります。ピリカがとても可愛いです。マタベーもいい奴です。潮田と大高はこれからですよね。ていうかこれ、関係で言ったら「出会い編」ですよね。絶対絶対彼らの第二章を描いてください。二人ともタイプの違う不器用さがあって、これからが気になりすぎます。

あとオーナー、好きです。インドおせちの中身はなんですか。ビリヤニとドーサとチャパティが南北越境状態で入ってたら私、問答無用で買いますからね。

参考文献

『ジビエ教本』依田誠志（誠文堂新光社）
『ジビエ・バイブル』川崎誠也、皆良田光輝、藤木徳彦他（ナツメ社）
『料理人のためのジビエガイド』神谷英生（柴田書店）
『シカ問題を考える』高槻成紀（ヤマケイ新書）

本書は二〇一九年二月、小社より刊行
された単行本を文庫化したものです。

みかんとひよどり

近藤《こんどう》史恵《ふみえ》

令和3年 5月25日 初版発行
令和4年 5月20日 7版発行

発行者●堀内大示

発行●株式会社KADOKAWA
〒102-8177 東京都千代田区富士見2-13-3
電話 0570-002-301(ナビダイヤル)

角川文庫 22666

印刷所●株式会社KADOKAWA
製本所●株式会社KADOKAWA

表紙画●和田三造

ISBN 978-4-04-110893-2 C0193

◆◇◇

角川文庫発刊に際して

角川源義

第二次世界大戦の敗北は、軍事力の敗北であった以上に、私たちの若い文化力の敗退であった。私たちの文化が戦争に対して如何に無力であり、単なるあだ花に過ぎなかったかを、私たちは身を以て体験し痛感した。西洋近代文化の摂取にとって、明治以後八十年の歳月は決して短かすぎたとは言えない。にもかかわらず、近代文化の伝統を確立し、自由な批判と柔軟な良識に富む文化層として自らを形成することに私たちは失敗して来た。そしてこれは、各層への文化の普及滲透を任務とする出版人の責任でもあった。

一九四五年以来、私たちは再び振出しに戻り、第一歩から踏み出すことを余儀なくされた。これは大きな不幸ではあるが、反面、これまでの混沌・未熟・歪曲の中にあった我が国の文化に秩序と確たる基礎を齎らすためには絶好の機会でもある。角川書店は、このような祖国の文化的危機にあたり、微力をも顧みず再建の礎石たるべき抱負と決意とをもって出発したが、ここに創立以来の念願を果すべく角川文庫を発刊する。これまで刊行されたあらゆる全集叢書文庫類の長所と短所とを検討し、古今東西の不朽の典籍を、良心的編集のもとに、廉価に、そして書架にふさわしい美本として、多くのひとびとに提供しようとする。しかし私たちは徒らに百科全書的な知識のジレッタントを作ることを目的とせず、あくまで祖国の文化に秩序と再建への道を示し、この文庫を角川書店の栄ある事業として、今後永久に継続発展せしめ、学芸と教養との殿堂として大成せんことを期したい。多くの読書子の愛情ある忠言と支持とによって、この希望と抱負とを完遂せしめられんことを願う。

一九四九年五月三日

角川文庫ベストセラー

散りしかたみに　近藤史恵

歌舞伎座での公演中、芝居とは無関係の部分で必ず桜の花びらが散る。誰が、何のために、どうやってこの花びらを降らせているのか？　一枚の花びらから、梨園の中で隠されてきた哀しい事実が明らかになる——。

桜姫　近藤史恵

十五年前、大物歌舞伎役者の跡取り息子として将来を期待されていた少年・市村音也が幼くして死亡した。音也の妹の笙子は、自分が兄を殺したのではないかという誰にも言えない疑問を抱いて成長したが……。

ダークルーム　近藤史恵

立ちはだかる現実に絶望し、窮地に立たされた人間たちが取った異常な行動とは。日常に潜む狂気と、明かされる驚愕の真相。ベストセラー『サクリファイス』の著者が厳選して贈る、8つのミステリ集。

さいごの毛布　近藤史恵

年老いた犬を飼い主の代わりに看取る老犬ホームに勤めることになった智美。なにやら事情がありそうなオーナーと同僚、ホームの存続を脅かす事件の数々——。愛犬の終の棲家の平穏を守ることはできるのか？

二人道成寺　近藤史恵

不審な火事が原因で昏睡状態となった、歌舞伎役者の妻・美咲。その背後には2人の俳優の確執と、秘められた愛憎劇が——。梨園の名探偵・今泉文吾が活躍する切ない恋愛ミステリ。

角川文庫ベストセラー

ジュリエットの悲鳴　有栖川有栖

人気絶頂のロックシンガーの一曲に、女性の悲鳴が混じっているという不気味な噂。その悲鳴には切ない恋の物語が隠されていた。表題作のほか、日常の周辺に潜む暗闇、人間の危うさを描く名作を所収。

暗い宿　有栖川有栖

廃業が決まった取り壊し直前の民宿、南の島の極楽めいたリゾートホテル、冬の温泉旅館、都心のシティホテル……様々な宿で起こる難事件に、おなじみ火村・有栖川コンビが挑む！

壁抜け男の謎　有栖川有栖

犯人当て小説から近未来小説、敬愛する作家へのオマージュから本格パズラー、そして官能的な物語まで。有栖川有栖の魅力を余すところなく満載した傑作短編集。

赤い月、廃駅の上に　有栖川有栖

廃線跡、捨てられた駅舎。赤い月の夜、異形のモノたちが動き出す――。鉄道は、私たちを目的地に運ぶだけでなく、異界を垣間見せ、連れ去っていく。震えるほど恐ろしく、時にじんわり心に沁みる著者初の怪談集！

小説乃湯
お風呂小説アンソロジー　有栖川有栖

古今東西、お風呂や温泉にまつわる傑作短編を集めました。一入浴につき一話分。お風呂のお供にぜひどうぞ。熱読しすぎて湯あたり注意！　お風呂小説のすばらしさについて熱く語る!?編者特別あとがきつき。

角川文庫ベストセラー

幻坂　有栖川有栖

坂の傍らに咲く山茶花の花に、死んだ幼なじみを偲ぶ「清水坂」。自らの嫉妬のために、恋人を死に追いやってしまった男の苦悩が哀切な「愛染坂」。大坂で頓死した芭蕉の最期を描く「枯野」など抒情豊かな9篇。

怪しい店　有栖川有栖

誰にも言えない悩みをただ聴いてくれる不思議なお店〈みみや〉。その女性店主が殺された。臨床犯罪学者・火村英生と推理作家・有栖川有栖が謎に挑む表題作「怪しい店」ほか、お店が舞台の本格ミステリ作品集。

狩人の悪夢　有栖川有栖

ミステリ作家の有栖川有栖は、今をときめくホラー作家、白布施と対談することに。「眠ると必ず悪夢を見る」という部屋のある、白布施の家に行くことになったアリスだが、殺人事件に巻き込まれてしまい……。

濱地健三郎の霊《くしび》なる事件簿　有栖川有栖

心霊探偵・濱地健三郎には鋭い推理力と幽霊を視る能力がある。事件の被疑者が同じ時刻に違う場所にいた謎、ホラー作家のもとを訪れる幽霊の謎、突然態度が豹変した恋人の謎……ミステリと怪異の驚異の融合！

あなたの獣　井上荒野

子を宿し幸福に満ちた妻は、病気の猫にしか見えなかった……女を苛立たせながらも、女の切れることのない男・櫻田哲生。その不穏にして幸福な生涯を描いた、著者渾身の長編小説。

角川文庫ベストセラー

結婚
井上荒野

結婚願望を捨てきれない女、現状に満足しない女に巧みに入り込む結婚詐欺師・古海。だが、彼の心にも埋められない闇があった……父・井上光晴の同名小説にオマージュを捧げる長編小説。

幸福な遊戯
角田光代

ハルオと立人とわたし。恋人でもなく家族でもない者同士の共同生活は、奇妙に温かく幸せだった。しかし、やがてわたしたちはバラバラになってしまい——。瑞々しさ溢れる短編集。

ピンク・バス
角田光代

夫・タクジとの間に子を授かり浮かれるサエコの家に、タクジの姉・実夏子が突然訪れてくる。不審な行動を繰り返す実夏子。その言動に対して何も言わない夫に苛つき、サエコの心はかき乱されていく。

あしたはうんと遠くへいこう
角田光代

泉は、田舎の温泉町で生まれ育った女の子。東京の大学に出てきて、卒業して、働いて。今度こそ幸せになりたいと願い、さまざまな恋愛を繰り返しながら、少しずつ少しずつ明日を目指して歩いていく……。

愛がなんだ
角田光代

OLのテルコはマモちゃんにベタ惚れだ。彼から電話があれば仕事中に長電話、デートとなれば即退社。全てがマモちゃん最優先で会社もクビ寸前。濃密な筆致で綴られる、全力疾走片思い小説。

角川文庫ベストセラー

大きな音が聞こえるか　坂木　司

退屈な毎日を持て余していた高1の泳は、終わらない波・ポロロッカの存在を知ってアマゾン行きを決める。たくさんの人や出来事に出会いぶつかりながら、泳は少しずつ成長していき……胸が熱くなる青春小説！

肉小説集　坂木　司

凡庸を嫌い、「上品」を好むデザイナーの僕。正反対な婚約者には、さらに強烈な父親がいて――。（「アメリカ人の王様」）不器用でままならない人生の瞬間を、肉の部位とそれぞれの料理で彩った短篇集。

鶏小説集　坂木　司

似てるけど似てない俺たち。思春期の葛藤と成長を描く（「トリとチキン」）。人づきあいが苦手な漫画家が描く、エピソードゼロとは？（「とべ エンド」）。肉と人生をめぐるユーモアと感動に満ちた短篇集。

からまる　千早　茜

生きる目的を見出せない公務員の男、不慮の妊娠に悩む女子短大生、そして、クラスで問題を起こした少年……。注目の島清恋愛文学賞作家が〝いま〟を生きる7人の男女を美しく艶やかに描いた、7つの連作集。

眠りの庭　千早　茜

白い肌、長い髪、そして細い身体。彼女に関わる男たちは、みないつのまにか魅了されていく。そしてやがて明らかになる彼女に隠された真実。2つの物語がひとつにつながったとき、衝撃の真実が浮かび上がる。

角川文庫ベストセラー

夜に啼く鳥は　千早茜

少女のような外見で150年以上生き続ける、不老不死の一族の末裔・御先。現代の都会に紛れ込んだ御先は、縁のあるものたちに寄り添いながら、かつて愛した人の影を追い続けていた。

ふちなしのかがみ　辻村深月

冬也に一目惚れした加奈子は、恋の行方を知りたくて禁断の占いに手を出してしまう。鏡の前に蠟燭を並べ、向こうを見ると――子どもの頃、誰もが覗き込んだ異界への扉を、青春ミステリの旗手が鮮やかに描く。

本日は大安なり　辻村深月

企みを胸に秘めた美人双子姉妹、プランナーを困らせるクレーマー新婦、新婦に重大な事実を告げられないまま、結婚式当日を迎えた新郎……。人気結婚式場の一日を舞台に人生の悲喜こもごもをすくい取る。

きのうの影踏み　辻村深月

どうか、女の子の霊が現れますように。おばさんとその子が、会えますように。交通事故で亡くした娘を待ちわびる母の願いは祈りになった――。辻村深月が〝怖くて好きなものを全部入れて書いた〟という本格恐怖譚。

ロマンス小説の七日間　三浦しをん

海外ロマンス小説の翻訳を生業とするあかりは、現実にはさえない彼氏と半同棲中の27歳。そんな中ヒストリカル・ロマンス小説の翻訳を引き受ける。最初は内容と現実とのギャップにめまいものだったが……。

角川文庫ベストセラー

月魚　三浦しをん

『無窮堂』は古書業界では名の知れた老舗。その三代目に当たる真志喜と「せどり屋」と呼ばれるやくざ者の父を持つ太一は幼い頃から兄弟のように育つ。ある夏の午後に起きた事件が二人の関係を変えてしまう。

白いへび眠る島　三浦しをん

高校生の悟史が夏休みに帰省した拝島は、今も古い因習が残る。十三年ぶりの大祭でにぎわう島である噂が起こる。【あれ】が出たと……悟史は幼なじみの光市と噂の真相を探るが、やがて意外な展開に！

ゆめこ縮緬　皆川博子

愛する男を慕って、女の黒髪が蠢きだす「文月の使者」、挿絵画家と若い人妻の戯れを濃密に映し出す「青火童女」、蛇屋に里子に出された少女の記憶を描く表題作等、密やかに紡がれる8編。幻の名作、決定版。

愛と髑髏《どくろ》と　皆川博子

檻の中に監禁された美青年と犬の関係を鮮烈に描く「悦楽園」、無垢な少女の残酷さを抉り出す「人それぞれに噴火獣」、不可解な殺人に手を染めた女の姿が哀切な「舟唄」ほか、妖しく美しい輝きを秘めた短篇集。

写楽　皆川博子

江戸の町に忽然と現れた謎の浮世絵師・写楽。天才絵師・歌磨の最大のライバルと言われ、名作を次々世に送り出し、忽然と姿を消した〝写楽〟。その魂を削る凄まじい生きざまと業を描きあげた、心震える物語。